CORAZÓN ESQUIMAL

JOSÉ VICENTE ALFARO

Créditos

Título: *Corazón esquimal*
Primera edición: Abril 2017

© DSt Producciones
© José Vicente Alfaro

Cubierta y diseño de portada:
© Juan Luis Torres Pereira
© Ilustración de portada por Anne Wertheim
© Ilustraciones de Luis Alfaro

Todos los derechos reservados. Bajo las sanciones establecidas en el ordenamiento jurídico, queda rigurosamente prohibida la reproducción total o parcial de esta obra por cualquier medio o procedimiento, incluida la reprografía y el tratamiento informático, sin la autorización previa y por escrito del autor.

Para todos mis lectores de ayer, hoy y mañana.

Gracias infinitas por acompañarme en el camino.

PREFACIO

Los antiguos esquimales eran los pueblos indígenas del Ártico (más concretamente de Alaska, el norte de Canadá y Groenlandia).

Pese a la enorme extensión geográfica que ocupaban (sus tribus se distribuían a lo largo de casi 6.000 kilómetros de longitud, lo que hacía que su densidad de población fuera tremendamente baja), los esquimales compartían idioma, raza y tradición oral, si bien su cultura material difería bastante en función del clima y de los recursos naturales propios del territorio donde estuviesen asentados.

La tundra ártica es uno de los hábitats más extremos del planeta. Su infinito paisaje nevado apenas deja resquicio para la vida. La vegetación resulta casi inexistente, las temperaturas llegan a alcanzar los 50 grados bajo cero en invierno, y durante varios meses el mar se transforma en una gruesa capa de hielo que aumenta la superficie de tierra habitable.

De cabellos hirsutos y tez morena curtida por el sol, los esquimales se caracterizaban por su pequeña estatura y su constitución fuerte, así como por tener extremidades cortas que facilitaban el riego sanguíneo y la conservación del calor corporal. La caza y la pesca constituían su principal medio de subsistencia, y por lo general eran nómadas: una parte del año la pasaban en la costa abasteciéndose de los animales marinos, y la otra en el interior, siguiendo el rastro de los terrestres y sus rutas migratorias.

En realidad, la palabra «esquimal» procede de los indios algonquinos y significa 'devoradores de carne cruda'. No obstante, debido al carácter peyorativo de dicha acepción, oficialmente se utiliza el término «inuit» ('los hombres'), que era la manera en que ellos se denominaban a sí mismos, como si se considerasen los únicos hombres verdaderos, o como si no hubiese otros hombres más que ellos. Y no es de extrañar ya que, debido a su particular situación de aislamiento, algunas de sus comunidades vivieron durante siglos creyéndose los únicos seres humanos que habitaban sobre la faz de la Tierra.

CAPÍTULO PRIMERO

Groenlandia. Siglo XIV d. C.

Sialuk se sentía exultante, igual que el resto de los cazadores de la aldea.

Aquella mañana de finales de otoño, tras haber avistado una manada de cetáceos que recorrían su habitual ruta migratoria en esa época del año, habían lanzado al mar el único *umiak* del que disponían. Este tipo de embarcación, propia de los inuit, estaba recubierta de pieles de foca y se empleaba para las expediciones balleneras, pero también para el transporte de personas.

Mientras sus compañeros remaban a conciencia, Sialuk asumió la responsabilidad de matar al ejemplar que tenían más cerca. Echó el brazo hacia atrás para coger impulso y esperó el momento oportuno para arrojar el arpón, que fue a clavarse en lo alto del lomo del cetáceo. Este se sumergió de inmediato en un intento de huir y despistar a sus captores, pero la vejiga de piel de foca llena de aire que llevaba adherida el proyectil quedaba a flote sobre la superficie del agua, indicando el punto por donde saldría a respirar la próxima vez. Actuaba además como un flotador, ejerciendo una tracción hacia arriba cada vez que el animal nadaba hacia las profundidades, lo que le cansaba con rapidez.

Varios arponazos después, la ballena se había comenzado a desangrar y, agotada, fue finalmente lanceada hasta la muerte. Todos chillaron de euforia. Para un asentamiento como el de Sialuk, formado por cinco familias y no más de treinta almas, aquella captura suponía reservas suficientes para todo el invierno: la carne y la piel les proporcionarían comida, la grasa serviría de combustible para sus lámparas, y con sus huesos podrían fabricar todas las herramientas que necesitasen.

Cuando la partida regresó con su trofeo, las estrellas despuntaban ya en el firmamento crepuscular, como barcos a la deriva en un mar oscuro y tenebroso. Satisfechos, los cazadores fueron directos al *kashim* —la casa comunal, que los hombres usaban como lugar de reunión y donde todos se juntaban para celebrar sus fiestas y ceremonias— con el propósito de darse un buen festín.

En medio de la velada, Sialuk decidió ausentarse un instante para llevarle a su familia unas cuantas tajadas de carne. Así pues, salió del *kashim* y caminó entre las casas del poblado. Las viviendas de los inuit eran rectangulares, de una sola estancia, y tenían paredes de piedra y tejados construidos con tierra y turba sobre una estructura de huesos de ballena a modo de vigas. El pasillo de entrada se colocaba a un nivel más bajo, de forma que el aire frío quedase atrapado en él. Para lograr su total aislamiento, los resquicios entre las piedras de los muros se rellenaban de nieve y las ventanas se cubrían con tejidos translúcidos hechos con intestinos de foca. En primavera se inundaban de agua a causa del deshielo, por lo que debían abandonarlas, y levantaban entonces tiendas de pieles. Los conocidos iglús, en realidad, solo se utilizaban como refugios temporales, en los trayectos de más de una jornada.

Sialuk, de constitución robusta, mandíbula ancha y pómulos salientes, accedió al interior de su hogar y saludó a su familia riendo y agitando en el aire los trozos de carne que había traído consigo. Su mujer dejó a un lado la piel que estaba raspando y le devolvió una sonrisa cargada de orgullo. Meriwa se peinaba el cabello hacia atrás y se lo recogía en un moño alto, y aunque sus rasgos eran excesivamente marcados, siempre se las arreglaba para lucir una expresión dulce.

La madre de Sialuk, de rostro apergaminado por la edad, interrumpió la historia que les estaba contando a sus nietos. Tres eran los hijos que la pareja había tenido. La mayor, de trece años, se llamaba Kireama y ya estaba aprendiendo las tareas propias de su sexo. En la sociedad esquimal el reparto de roles estaba muy definido: los hombres se dedicaban a la caza y a la confección de los utensilios, mientras las mujeres se encargaban del procesamiento de la comida y de la confección del calzado y el vestido. Anori era su segundo hijo. Tenía nueve años y a partir de la siguiente primavera tendría edad suficiente para iniciarse en los rudimentos de la caza. Por último, Nukappi era el más pequeño de todos ellos, pues apenas superaba los tres años de vida.

Sialuk contempló a su familia con un profundo amor pero, al mismo tiempo, sintió también el peso de la responsabilidad sobre sus hombros. La supervivencia de todos ellos dependía de su habilidad para cazar; de lo contrario, sencillamente acabarían muriendo de inanición.

De repente, a sus oídos llegaron los ladridos de los perros. Parecían muy alterados, y el coro de alaridos que los siguió le hizo temer lo peor.

Inquieto, Sialuk se asomó al exterior y quedó paralizado por el horror. ¡Los *qallunaat* estaban atacando la aldea! Seguramente les habrían visto capturar la ballena, y habían esperado a que cayera la noche para asaltarlos y hacerse con su preciado botín, aprovechando que los hombres se hallaban reunidos en el *kashim* y constituían un blanco fácil. Pero no conformes con eso, estaban matando también a las mujeres y los niños.

La mente de Sialuk discurrió a toda velocidad. Plantarles cara él solo no tenía sentido. Solo cabía huir. Tal vez el hecho de que su casa fuese la más alejada del poblado les diese una oportunidad de escapar con vida de allí.

—¡Meriwa! ¡Meriwa! —gritó Sialuk volviendo al interior—. Rápido, coge a los niños.

—¿Qué? ¿Pero qué ocurre? —preguntó alarmada.

—Los *qallunaat*. Tenemos que irnos. ¡Ya!

Sialuk salió de nuevo y se puso a enganchar a los perros al trineo. Conforme su familia abandonaba la vivienda, los *qallunaat* consumaban la masacre y el pánico se adueñaba del corazón de Sialuk.

—¡Vamos, vamos, vamos! —apremió al tiempo que retiraba el ancla sepultada en la nieve.

Meriwa, con Nukappi en brazos, ocupó un lugar en el trineo junto a la abuela, mientras los otros dos niños se situaban detrás. No había espacio para nadie más, y los perros —eran solo tres— tampoco habrían podido cargar con tanto peso, por lo que Sialuk restalló el látigo y se obligó a trotar junto al vehículo al ritmo impuesto por los canes.

Aunque no avanzaban tan deprisa como hubiesen querido, poco a poco fueron dejando el peligro atrás. De cuando en cuando miraban por encima de sus hombros, hasta comprobar aliviados que los asaltantes no les perseguían.

Al cabo de un rato, su poblado, su hogar, se había reducido a un puntito indefinido en mitad del horizonte. Más tranquilos, redujeron la marcha, pero sin detenerse ni una sola vez en toda la noche.

Con el amanecer, el sol naciente tiñó de oro la planicie helada, como si esta se hubiese incendiado. Durante los meses más fríos del año el mar se transformaba en una gruesa capa de hielo que aumentaba la superficie de tierra habitable. A un lado se levantaban cadenas montañosas de cumbres nevadas, y al otro se extendía el océano, salpicado de icebergs y témpanos glaciares.

Pese a haber salvado la vida, Sialuk y su familia se encontraban en serios apuros. Los diferentes asentamientos estaban muy dispersos entre sí, para de ese modo sacar el mayor provecho posible a cada territorio de caza, y la aldea más cercana que Sialuk conocía —la isla era muy grande y no sabía si había grupos de inuit mucho más al norte— se hallaba a dos días de camino. Y eso yendo solo en el trineo y forzando al máximo la capacidad de sus perros; con cuatro ocupantes adultos, tardarían varios días más en llegar hasta allí.

El hambre se convertiría pronto en su principal problema. Lo precipitado de su huida les había impedido aprovisionarse, y Sialuk tampoco había tenido tiempo de coger sus armas ni sus aparejos de pesca, lo cual habría bastado para conseguir comida con que alimentarse durante la travesía.

Continuaron avanzando todo el día, soportando los cristales de nieve que el viento soplaba contra ellos y que se les clavaban en las mejillas. Del frío, al menos, iban bien protegidos gracias a las parkas que Meriwa había confeccionado con pieles de oso y de caribú y a sus fantásticas botas de piel de foca —la piel de esta última se reservaba para el calzado, porque era impermeable—. Saciaban la sed bebiendo puñados de nieve que cogían alargando sus manos hacia el suelo, sin bajarse del trineo.

Al caer la tarde se levantó una fuerte ventisca frente a la cual se tendrían que proteger, o no sobrevivirían a la noche. Afortunadamente, Sialuk llevaba en el trineo su sierra de mandíbula de tiburón, el único utensilio del que disponía.

—Tenemos que construir un iglú —dijo deteniendo a los perros.

Sialuk trazó un círculo sobre el hielo. A continuación comenzó a cortar bloques de nieve del mismo centro, y los fue colocando unos sobre otros en hileras cada vez más pequeñas, hasta cerrarse en la parte alta formando una especie de bóveda. Esta particular forma esférica y su escasa altitud —apenas se levantaba un metro sobre la superficie, pues el espacio restante se le ganaba al suelo— era lo que capacitaba a los iglús para soportar cualquier vendaval. Kireama y Anori colaboraron en la construcción, usando polvillo de nieve para cerrar las rendijas que quedaban entre los bloques, mientras Meriwa se ocupaba de anclar el trineo.

El proceso les llevó poco más de una hora.

Gateando, fueron introduciéndose uno a uno en el refugio, tras lo cual acomodaron a los perros en el estrecho pasillo de entrada. Luego Meriwa extendió en el suelo una piel de caribú, y los seis se tumbaron sobre ella muy juntos para darse calor, pues ni siquiera contaban con los habituales sacos de pieles donde embutirse.

Esa noche les costó mucho conciliar el sueño. El pequeño Nukappi lloraba de hambre, por lo que la abuela intentaba confortarlo arrullándolo en sus brazos y cantándole una nana. Al mismo tiempo, a través de las gruesas paredes podían oír el aullido del viento y el rumor de las corrientes submarinas por debajo de ellos.

Sialuk se levantó con el alba y dejó que su familia continuase durmiendo algo más de tiempo en el iglú. Caminó unos pasos hasta localizar un pedazo de banquisa que fuese lo suficientemente delgada como para poder cortarla con la sierra, y abrió un agujero rectangular a través del cual comenzó a escudriñar sus aguas verdes. Aunque de vez en cuando se adivinaba la silueta de una trucha, sin sus aparejos de pesca o al menos un arpón lo tenía extraordinariamente difícil. Con todo, probó a sumergir la mano enguantada cuando algún pez pasaba cerca de la superficie del agua, pero todos sus intentos fueron en vano.

Un rato más tarde, después de una docena o más de intentos infructuosos, Anori apareció junto a él y se sentó a su lado.

—Papá, ¿lo conseguiremos? —preguntó, preocupado. Llevaban día y medio sin probar bocado y todavía faltaba un largo trecho hasta la aldea vecina.

Sialuk miró a su hijo con gesto serio. Anori aún no había dado el estirón ni le había cambiado la voz, signos inequívocos de que habría dejado atrás la niñez y se habría convertido en un hombre adulto. Poseía un carácter taciturno poco común entre los suyos, pues los esquimales gozaban de un gran sentido del humor que hacía más llevaderas sus vidas en medio de aquel paraje hostil.

—Por supuesto que sí —repuso—. Pero vamos a sufrir mucho. Prepárate para ser fuerte como nunca hasta ahora.

De repente, muy cerca de la superficie surcó todo un banco de peces, y Sialuk pegó un zarpazo en el agua mediante el cual sacó tres ejemplares que cayeron sobre la capa de hielo.

—Me has traído suerte, Anori —dijo con una sonrisa.

Padre e hijo se pusieron de pie y regresaron al iglú para compartir la alegría con el resto. No es que fueran muy grandes, pero aquella inesperada pesca constituía un verdadero tesoro que deberían racionar con extrema cautela.

Sialuk tomó una de las truchas y la repartió entre los seis miembros de la familia, reservando las otras dos para más adelante. Los perros tendrían que pasar por ahora sin comer; no en vano, eran mucho más resistentes al hambre y al frío que los humanos.

Reanudaron la marcha por la explanada ártica, interminable y solitaria, que aquel día se asemejaba a un cielo forrado de nubes. El frío arreciaba por momentos; el aliento se les condensaba alrededor de la boca en minúsculos cristalitos de hielo, y una fina capa de escarcha se les adhería a los párpados y las fosas nasales. Las gotas de saliva que caían de las fauces de los perros se congelaban en el aire antes de tocar el suelo.

Por la noche repitieron el mismo ritual. Construyeron un iglú para guarecerse, y a la mañana siguiente Sialuk abrió un agujero en el hielo e intentó pescar algo, aunque no tuvo tanta suerte esta vez. Los perros, que no habían comido nada desde que salieron del poblado, se peleaban entre ellos, y cuando tocó reemprender el camino, rehusaron tirar del trineo hasta que Sialuk les metió en vereda a base de latigazos.

La caída del ocaso marcó el fin de su tercer día de viaje, atormentados por el fantasma del hambre que cada vez se hacía más y más presente. Sialuk sacó otra de las truchas que había pescado y la partió en dos mitades. Metió una de ellas entre su ropa para ablandarla con su calor corporal, y desmenuzó la otra en tres pedazos con ayuda de la sierra. Acto seguido le lanzó la carne a los perros, que la devoraron con espinas y sin masticarla siquiera.

Cuando se hubo descongelado, recuperó la mitad que había guardado, se acercó a su familia y le fue ofreciendo un trocito a cada uno. Meriwa tomó la de Nukappi y la masticó un poco antes de dársela a comer, pues no había desarrollado todavía dientes lo bastante fuertes. Sin embargo, cuando Sialuk le tendió una porción a su madre, esta la rechazó.

—Dale mi parte a los niños —anunció con voz serena—. Ha llegado la hora de que siga mi propio camino. —Y restregó el rostro contra el de su hijo.

Sialuk la miró con una profunda aflicción, pero asintió en silencio. En tiempos de penuria, los ancianos abandonaban voluntariamente las comunidades donde residían, para morir en la inmensidad del paisaje helado. La supervivencia del grupo estaba siempre por encima de la del individuo; sin aquella regla de oro, los esquimales jamás habrían podido sobrevivir durante siglos en las inhóspitas tierras árticas.

Por eso, pese al dolor que sentía, Sialuk no trató de impedírselo, porque sabía que su madre estaba haciendo lo correcto. Sería una boca menos que alimentar.

La mujer abrazó con cariño a su nuera y a sus nietos. Había lágrimas en sus ojos, pero una tímida sonrisa curvaba sus labios. Se despojó de su vestido hecho de piel de garzas marinas y se lo dio a Meriwa; ella ya no lo necesitaría allá donde iba. La anciana dedicó una última mirada a su familia y comenzó a andar en la dirección opuesta, haciéndose más y más pequeña a medida que se alejaba en la distancia. En cuanto se le acabasen las fuerzas se detendría y, sin prendas de abrigo, se congelaría en cuestión de minutos.

—Niños, a partir de hoy no debéis pronunciar el nombre de la abuela —advirtió Sialuk.

Según las creencias inuit, las personas se componían de tres elementos —el cuerpo, el alma y el nombre—, de modo que, cuando el cuerpo moría, aún quedaban dos. El alma, que iba a un lugar similar al paraíso, con caza abundante y un clima agradable, y el nombre, que permanecía vagando por la tierra hasta que le era puesto a un recién nacido, el cual adquiriría las cualidades del difunto en una suerte de reencarnación. Hasta entonces, existía un miedo atávico a decir en voz alta el nombre del fallecido.

El cuarto y el quinto día de viaje fueron un calco de los anteriores, con la salvedad de que la situación empeoraba por momentos. Las ráfagas de viento les arrojaban al rostro diminutas esquirlas de hielo, y las neviscas dificultaban su marcha todavía más. Los perros se quejaban con insistencia, y no les faltaba razón. Habitualmente, Sialuk les ponía en las patas unas fundas de piel para protegérselas, pero debido a su atropellada salida no había podido hacerlo. Dos de ellos cojeaban y el tercero tenía las patas llagadas por la sal marina.

La carencia de alimentos les estaba pasando factura a todos, en especial al pequeño Nukappi, que era el que se encontraba más débil. Sialuk se arrancó un retal de la parte superior de la bota y, tras hacerla tiras, le dio un trozo a cada miembro de su familia para que lo mascasen con el fin de engañar el hambre. Por desgracia, pese a haberlo intentado de nuevo cada mañana mientras los suyos aún dormían, no había vuelto a pescar absolutamente nada.

La noche del quinto día Sialuk sacó la última trucha que les quedaba —muy probablemente el único alimento del que dispondrían hasta llegar a su destino— con la intención de dividirla en cinco trozos, uno para cada uno. No obstante, cuando la cogió en sus manos, se lo pensó mejor y, en voz baja, mantuvo con Meriwa la conversación más difícil de toda su vida. Ella no pudo evitar el llanto, pero comprendió la decisión de su marido. Nukappi estaba exangüe, no duraría mucho en aquellas condiciones; Kireama y Anori, sin embargo, contaban con más posibilidades de sobrevivir. Debían despedirse definitivamente del pequeño y repartir su pedazo de pescado entre sus dos hermanos mayores.

Durante los periodos de hambrunas, cuando no quedaba más remedio, entre los inuit se practicaba el infanticidio en bebés de hasta tres años, especialmente del sexo femenino. La consigna era la misma que para las personas ancianas: la supervivencia del grupo estaba siempre por encima de la del individuo.

Sialuk cogió a Nukappi en brazos y caminó con pesadumbre en dirección al mar. Al llegar a la orilla, se arrodilló y lo depositó suavemente en un saliente del hielo.

—Anori, tráeme la sierra —dijo girándose hacia el trineo.

El muchacho obedeció. Meriwa y Kireama se acercaron también, en silencio.

Sialuk tomó la herramienta que le tendía su hijo. Seguidamente, procedió a aserrar el saliente hasta separarlo de la placa principal, y de un empujón lo precipitó hacia el océano infinito. El crío ni siquiera lloró, hacía tiempo que había perdido la consciencia. La familia contempló con tristeza cómo el pequeño bulto se alejaba deslizándose sobre las aguas y se perdía en la bruma.

Aquella noche no hubo palabras, solo sollozos y lágrimas. Sialuk sentía un enorme desgarro en lo más profundo de su alma, pues aquella desesperada huida ya se había cobrado dos vidas: la de su madre y la de uno de sus hijos.

La sexta jornada de viaje transcurrió con extrema lentitud, como si el tiempo se hubiese detenido y se negase a discurrir al ritmo dictado por la naturaleza. A pesar de que seguían avanzando sin rendirse, parecía que no se movían del sitio porque el paisaje que se desplegaba ante ellos siempre era el mismo: un horizonte blanco y helado desbordado de silencio y soledad. Los cuatro últimos supervivientes de su poblado percibían sus sentidos adormecidos, en parte por el frío y en parte por el dolor de la reciente pérdida, y el hambre apenas les dejaba ya pensar con claridad.

Al día siguiente, sin embargo, cuando se cumplía una semana de su partida, al fin atisbaron en la distancia el anhelado asentamiento vecino.

La llegada de visitantes constituía siempre un evento especial en aquellas tierras, por lo que un gran número de lugareños acudieron a recibirlos afablemente en cuanto les divisaron. No obstante, se quedaron muy consternados al oír las terribles noticias que traían. Muchos de ellos tenían parientes entre los habitantes de su aldea.

—¿Fueron los *qallunaat*?

—En efecto —corroboró Sialuk.

Los *qallunaat* ('cejas grandes') era el nombre con que los esquimales denominaban a los vikingos, quienes hacía más de trescientos años habían establecido una colonia en Groenlandia.

Los vikingos se habían instalado en el interior de dos sistemas de fiordos de la costa sudoccidental, en un entorno verde adecuado para ser usado como pasto que, resguardado de las frías corrientes oceánicas, era capaz de albergar una vegetación compuesta por enebros, alisos, abedules y sauces enanos. El resto de la isla no era más que una región blanca e inhabitable, y tan solo aquellos dos sectores poseían un clima benigno, aunque no por ello dejaba de ser frío, ventoso y variable.

La población nórdica —ya cristianizada—, superaba los cinco mil habitantes repartidos en aproximadamente doscientas cincuenta granjas organizadas en comunidades, cuya vida giraba en torno a una docena de iglesias y hasta una catedral. En el año 1124 la Iglesia católica había nombrado su primer obispo para Groenlandia, y en el 1261 la colonia pasó a formar parte del reino de Noruega.

Su economía de subsistencia, al igual que en sus tierras de origen, se basaba en la ganadería y la crianza de animales domésticos: mayormente vacas y cerdos, pero también cabras, ovejas, patos y gansos. Asimismo, trataron de complementar el pastoreo y la actividad en las granjas con el cultivo de cereales.

El primer encuentro entre ambos pueblos, como no podía ser de otra manera, estuvo cargado de tensión, ante la incertidumbre de cómo reaccionaría la otra parte. Finalmente, el derramamiento de sangre resultó inevitable. Los esquimales comprobaron que aquellos guerreros de tez pálida y cabello de fuego eran hombres corrientes, y no espíritus del aire como habían creído en un principio, y los vikingos sacaron la conclusión de que aquellos nativos eran salvajes, primitivos y muy poco de fiar. Con el tiempo, sin embargo, se establecieron relaciones comerciales entre ellos. Los inuit recibían tejidos y productos lácteos a cambio de colmillos de morsa y pieles de oso polar, que los nórdicos a su vez exportaban a Europa para adquirir dos artículos esenciales: el hierro y la madera, que les llegaba en un barco mercante procedente de Noruega una o dos veces al año.

No obstante, la prosperidad de los colonos pronto comenzó a malograrse, tras darse cuenta de que Groenlandia era un lugar mucho más inhóspito de lo que se habían imaginado.

Para empezar, los cerdos no se adaptaron al entorno natural propio de la isla, y su número de ejemplares se fue reduciendo poco a poco hasta desaparecer por completo. Las vacas, por su parte, exigían un gran esfuerzo de crianza, debido a que solo podían encontrar hierba en los pastos durante los meses de verano. El resto del año eran resguardadas en los establos y alimentadas con heno, que muchas veces escaseaba si la meteorología no resultaba lo suficientemente favorable. La agricultura tampoco dio los frutos esperados, ya que la dureza del clima perjudicaba los cultivos, y la estación de crecimiento era además extremadamente corta.

Obligados a completar la dieta, los colonos pusieron entonces el punto de mira en las especies autóctonas —sobre todo la foca y el caribú—, y comenzaron a organizar expediciones de caza y a establecer campamentos estacionales mucho más al norte. Esto provocó que los conflictos con la población esquimal resurgieran, pues ambos pueblos empezaron a competir por los mismos recursos para sobrevivir.

Conforme pasaba el tiempo, la vida en la colonia se fue haciendo cada vez más y más difícil. Sus propios habitantes habían quemado parte de los bosques para despejar territorio con el fin de destinarlo al pasto. Además, habían talado numerosos árboles para obtener tablones y leña, sin tener en cuenta lo mucho que tardaban en regenerarse. La deforestación trajo como consecuencia no solo la acuciante escasez de madera, sino también la imposibilidad de fabricar instrumentos de hierro, para lo cual hacían falta ingentes cantidades de carbón vegetal. Para agravar la situación, las visitas de los barcos mercantes ya solo se producían cada varios años, debido al aumento del peligro que entrañaba la travesía por el océano.

Por si no fuera poco, los últimos inviernos habían sido cada vez más largos y fríos, y los más débiles no vivían para ver la siguiente primavera.

Ante semejante panorama, a nadie le podía extrañar que la desesperación llevase a los vikingos a asaltar un poblado esquimal repleto de valiosos víveres.

—Pensé que no lograríamos llegar hasta aquí —añadió Sialuk con un hilo de voz y, girándose hacia Meriwa, esbozó una sonrisa. Al menos habían conseguido salvar a sus dos hijos mayores, Kireama y Anori, quienes probablemente no hubiesen sobrevivido mucho más tiempo.

—Venid —les dijeron—. Nos ocuparemos de vosotros y no tardaréis en restableceros.

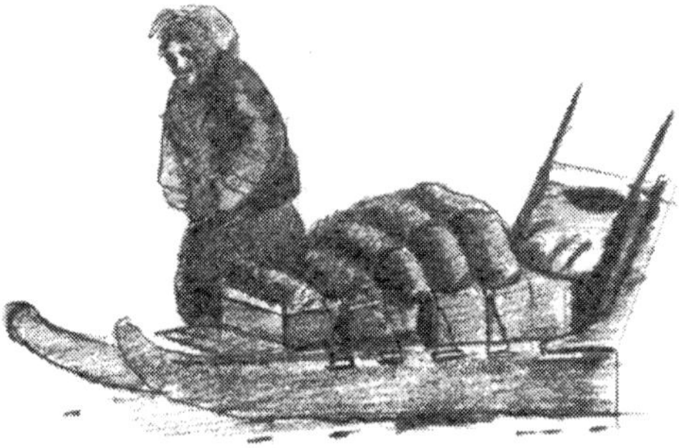

CAPÍTULO SEGUNDO

El nuevo asentamiento donde se instalaron no era tan pequeño como el anterior, y eso tranquilizaba mucho a Sialuk. A los *qallunaat* difícilmente se les ocurriría reproducir allí un asalto similar al que habían llevado a cabo en su aldea.

En las comunidades inuit no existía un jefe como tal. Cada miembro actuaba con total libertad, en tanto en cuanto se respetasen las normas de convivencia y los tabúes establecidos. Con todo, siempre había alguien que ejercía de cabecilla, especialmente en las situaciones extremas. Esta responsabilidad solía recaer en el cazador más capaz, si bien aquella cualidad no bastaba por sí sola. Un buen líder debía poseer, además, una serie de valores morales, entre los que destacaban la modestia y la generosidad. En aquel lugar, dicho rol lo desempeñaba un hombre de ralos bigotes llamado Malik, que les dio la bienvenida de manera oficial y les dio permiso para establecerse allí si así lo deseaban.

Sialuk construyó a toda prisa un refugio al que considerar su hogar. Siguiendo la costumbre de mostrar solidaridad con sus congéneres, sus vecinos les obsequiaron con lo indispensable para hacerlo habitable: una lámpara de esteatita y pieles en abundancia. Todas las casas precisaban para calentarse y alumbrarse de una lámpara alimentada con grasa de foca y musgo seco a modo de mecha. Con las pieles, Meriwa confeccionó sacos de dormir y ropa de abrigo de cara al invierno. Su hija Kireama la ayudó en la tarea, demostrando que cada vez dominaba con mayor destreza el arte de la costura.

Por su parte, Sialuk se dedicó a reponer sus utensilios y armas de caza, tales como un hacha de sílice, un cuchillo de piedra o un arpón de asta. Anori le observaba trabajar en silencio, pues muy pronto tendría que familiarizarse con el manejo de todos aquellos instrumentos, que él mismo debería fabricarse.

Cada día recibían la visita de varios habitantes del poblado, que les traían todo tipo de alimentos con que llenar su despensa: vísceras crudas de aves, médula rancia llena de larvas o sesos de oso fermentados. Haciendo gala de una gran generosidad, la mayoría se desprendía de los manjares más selectos que para ellos mismos se habían reservado. Los esquimales solían tomar la mayor parte de la comida cruda o congelada, aunque a veces también la hervían en sus lámparas de aceite.

Al cabo de una semana, Malik y su familia se pasaron a verles. Su esposa Nuvua era de constitución rechoncha y lucía un moño alto que sostenía con espinas de pescado. El hijo de ambos se llamaba Ituko, y a sus diecinueve años era el joven soltero más codiciado por las muchachas del poblado.

Meriwa les dio la bienvenida a su hogar con una sonrisa y enseguida puso té a calentar. Tras saludarse todos con mucha ceremonia, se sentaron en el suelo sobre una piel de caribú.

Malik tomó la palabra y habló a Sialuk con gesto serio.

—Después de lo que nos contaste, envié inmediatamente a mi hijo para que lo comprobase sobre el terreno —explicó—. Cabía la posibilidad de que hubiese supervivientes que requiriesen de nuestra ayuda...

—Pero no quedaba nadie...

—No. Por desgracia, estabas en lo cierto. ¿Verdad, Ituko?

El joven asintió con la cabeza. Llevaba el cabello largo y suelto, y poseía un físico fuerte y compacto.

—Lo que vi fue horrible —dijo—. Los habían matado a todos, incluidas las mujeres y los niños.

Malik se sentía especialmente afectado. Una hermana suya se había casado con un cazador de aquella aldea años atrás.

—Los malditos *qallunaat* se están convirtiendo en un grave problema —señaló.

—¡Deberíamos devolverles el golpe! —intervino su hijo con impetuosidad.

—Pero no podemos atacar sus granjas —arguyó Sialuk—. Llevaríamos todas las de perder.

Así, los hombres comenzaron a debatir sobre el interminable conflicto con los extranjeros, mientras las mujeres guardaban silencio y les escuchaban con cierta preocupación.

Kireama observaba a Ituko con la mirada arrebatada. Él se percató y también posó sus ojos en ella, sin poder disimular su turbación: aquella joven de melena azabache, recogida en dos trenzas que le caían sobre el pecho, era más hermosa de lo que a simple vista le había parecido.

Nadie advirtió el insinuante cruce de miradas excepto Meriwa, que conocía a su hija como la palma de su mano.

La velada se alargó hasta que Malik y su familia se despidieron poco antes del atardecer.

La caza escaseaba en aquella época, pero como carecían de reservas suficientes para afrontar el invierno y el fantasma del hambre amenazaba con sobrevolar el abarrotado asentamiento inuit, varios hombres comenzaron a adentrarse todos los días en la tundra, donde tendían lazos y excavaban trampas para capturar liebres y zorros.

En cuanto terminó de fabricar sus armas, Sialuk se unió a la partida de caza que partió temprano en la mañana para revisar las trampas que habían colocado el día anterior. La cuadrilla estaba encabezada por Malik, al que acompañaban su hijo Ituko y dos hombres más.

Después de comprobar unas cuantas trampas sin éxito, se alegraron mucho al ver que un zorro había caído en una de ellas. Malik se adelantó y lo desolló allí mismo con mano experta, dejando a la vista sus tiernas vísceras, que constituían toda una delicia para el paladar. Su carne era correosa y dulzona, y la piel se utilizaba sobre todo como estropajo.

De pronto, los perros que habían traído con ellos comenzaron a agitarse y a ladrar sin razón aparente, rompiendo la quietud reinante. Tras el desconcierto inicial, Sialuk descubrió el objeto de su excitación.

—¡Mirad, un oso polar! —comunicó a sus compañeros señalando la lejanía.

A una indicación de Malik, los perros salieron disparados y enseguida lo acorralaron contra una pared de hielo, pero el oso no se arredró. Al contrario, se irguió sobre sus patas traseras y emitió un feroz rugido, dejando que una larga bocanada de vapor saliera de sus fauces. Uno de los perros se acercó demasiado y lo lanzó despedido de un terrible zarpazo. Murió en el acto, antes incluso de caer sobre la nieve.

Entre tanto, los hombres se habían aproximado y contemplaban la lucha desde una distancia prudente. Ituko tensó su arco y disparó varias flechas; la mayoría hicieron blanco en el vientre del gigantesco animal, que comenzó a debilitarse de forma paulatina. Envalentonados, los cazadores avanzaron hasta situarse a pocos metros de él. Finalmente, Sialuk le traspasó la garganta con su arpón y entre todos lo acabaron derribando.

Durante el camino de vuelta, mientras llevaban el oso a rastras tirando de las patas posteriores, los hombres reían y recordaban los momentos más emocionantes de su gesta. Para los inuit, la caza era la esencia misma de la vida, y no había nada más excitante que dar muerte a una presa difícil, una proeza que incrementaba su coraje y hombría.

Con todo, el buen humor de Sialuk se desvaneció de un plumazo cuando Malik se puso a despiezar el animal. Según la costumbre, la cabeza y la piel del oso le correspondían a quien lo había visto primero —es decir, a él en este caso—, mientras que el resto se dividía en partes iguales. Sin embargo, Malik actuó como si desconociese la tradición y, ni corto ni perezoso, se quedó esos trofeos para sí. Sialuk no protestó —a fin de cuentas, era un recién llegado—, pero a partir de aquel día comenzó a dudar de si el líder del poblado era merecedor de tal condición.

Al cumplir los diez años, los niños debían aprender a cazar. Anori había alcanzado esa edad, por lo que se unió a un grupo de muchachos del poblado que se hallaban en su misma situación. A decir verdad, y en contra de lo que era habitual, el hijo de Sialuk no parecía muy entusiasmado ante esa perspectiva, pero tampoco le quedaba otra opción.

Malik, que hacía las veces de instructor, les condujo hasta una banquisa de poco espesor y les encargó que buscaran orificios disimulados en la nieve.

—En invierno, cuando el mar se cubre por un manto de hielo, las focas abren estos agujeros para salir a respirar —les explicó.

Aquel método de caza requería de una enorme paciencia, pues el cazador se situaba junto a uno de dichos orificios y tenía que esperar arpón en mano hasta que una foca asomaba por él.

Cuando localizaron varios de aquellos orificios, Malik dispuso a un niño en cada uno de ellos y les armó con un palo.

—Cuando veáis una foca aparecer por vuestro agujero, la golpeáis en la cabeza, ¿entendido? Tú, ponte aquí —le dijo a uno, y le hizo gestos para que se acercara adonde estaba él, junto al único respiradero que quedaba libre. Le tendió un arpón, y alzó la voz para que le oyeran todos—. Los que sostenéis los palos obligaréis a las focas a que no utilicen vuestro agujero; así no tendrán más remedio que salir por el que está vigilando él. ¿De acuerdo?

Los niños asintieron y se concentraron en su tarea.

Al principio a Anori le tocó hacer el papel de centinela. Empuñó su palo con fuerza y permaneció muy quieto, sin apartar los ojos de su respiradero. Después de lo que le pareció una eternidad, escuchó un aullido triunfal.

—¡La he cazado! ¡He cazado mi primera foca! —gritó el chico del arpón.

Malik le felicitó y posteriormente pidió a los demás que se reunieran a su alrededor.

—Venid, voy a enseñaros cómo honrar su *inua*.

El *inua* era el alma, el espíritu que, según los inuit, poseían todas las cosas —no solo los seres vivos, sino también los fenómenos naturales y hasta los objetos—, y al cual debían evitar ofender mediante la escrupulosa observancia de ciertas prescripciones y tabúes. En particular, había que ofrecer un trato respetuoso a los animales que cazaban, para no enfadarles y ganarse su favor.

Malik abrió la boca de la foca muerta y vertió un poco de agua dulce en ella.

—¿Veis? De esta manera su *inua* le dirá al de sus sus compañeras que vengan adonde nos encontramos, pues sabrán que las trataremos bien.

Luego se levantó y le ofreció el arpón a Anori.

—Bien, Anori, es tu turno. Muéstranos de lo que eres capaz.

El hijo de Sialuk se colocó en posición y se preparó para permanecer así largo rato, con los músculos en tensión, pues sabía que si su presa le pillaba desprevenido cuando asomara, fallaría el tiro.

Sorprendentemente, no había pasado ni un minuto cuando una cabeza surgió de la abertura.

—¡Ahora! —gritó Malik.

Pero Anori no se movió. La mezcla de inocencia y estupefacción con que la foca lo miró lo dejó paralizado, y el animal se hundió en el agua y desapareció bajo el hielo.

—¡¿Pero qué haces?! —bramó Malik—. ¡La has dejado escapar!

Por alguna extraña razón, la foca volvió a asomar por el mismo agujero unos segundos después, como si quisiese cerciorarse de lo que había visto.

Aquella constituía una segunda oportunidad que Anori no podía desaprovechar. Y, pese a todo, lo hizo.

Enfadado consigo mismo, el chico arrojó el arpón al suelo y se marchó en silencio de allí sin volver la vista atrás, ante la atónita mirada de Malik y sus compañeros.

Unas horas más tarde, los jóvenes aprendices regresaron al poblado mostrando con orgullo sus primeras capturas. Sus rostros denotaban alegría y una indescriptible satisfacción.

Sialuk, sin ocultar su enorme preocupación, acudió de inmediato al encuentro de Malik. Su hijo no había vuelto con el grupo y se negaba a hablar de lo sucedido durante el adiestramiento en la banquisa de hielo.

—¿Qué ha ocurrido? —inquirió.

—Lo siento, pero me temo que Anori carece del instinto natural que todo hombre posee para la caza.

—¡Eso es imposible! —rebatió Sialuk herido en su orgullo.

—Si no me crees, pregúntaselo a él— replicó Malik—. Jamás había presenciado un comportamiento tan poco viril. ¿Estás seguro de que Anori cumplió con todas las prescripciones durante sus primeros años de vida?

—¡Desde luego que sí! —bramó—. Mi mujer le puso un pene de foca alrededor de la muñeca y cosió un retal de piel de oso en las mangas de su parka. Y, antes de cumplir un año, le di a comer una cabeza de perro para que adquiriese su valor.

Malik se encogió de hombros.

—Pues entonces no sé qué ha podido pasar, pero en cualquier caso, yo no le auguro un gran futuro como cazador.

Sialuk no tardó en integrarse por completo en la vida del nuevo asentamiento. Salía con los otros hombres en busca de sustento siempre que se necesitaba, y muy pronto demostró su valía como cazador.

Un día, varias semanas después de su llegada, Sialuk y Meriwa acudieron a la casa del jefe del poblado, pues este les había cursado una invitación formal.

Una burbuja de luz ambarina proyectada por la lámpara de esteatita iluminaba el refugio, atufado por los efluvios de la grasa de foca al arder. Varias prendas de ropa se estaban secando colgadas de un arpón clavado en la pared. Nuvua les recibió con un té de hojas y les ofreció una auténtica exquisitez, ojos de caribú masticados, que tenían sin duda un aspecto tentador.

Malik les invitó a que tomaran asiento e inició una charla intrascendente que se prolongó durante un rato, hasta que por fin desveló el verdadero motivo por el que había organizado el encuentro.

—Será un placer para mí brindarte a mi mujer, del mismo modo que yo me sentiré honrado de yacer con la tuya —expuso con una amplia sonrisa.

Entre los esquimales, la sexualidad se entendía de manera muy distinta a la visión que de la misma se tenía en el mundo occidental. Por ello, el intercambio de esposas constituía una práctica habitual como muestra de aprecio y amistad, siempre que los hombres se pusiesen de acuerdo.

Aunque Sialuk debería haberse sentido halagado por esa proposición, permaneció callado. Desde el episodio del oso polar, había continuado observando el comportamiento del jefe del poblado, y había perdido todo atisbo de respeto hacia él. Lejos de ser un líder modesto, Malik se jactaba constantemente de su habilidad para la caza, ridiculizando incluso a los peor dotados para dicha actividad. Además, lejos de mostrarse generoso, como cabría esperar de su estatus, Malik se quedaba siempre con las partes más codiciadas de las capturas, ignorando las viejas costumbres que propugnaban lo contrario. A lo largo de su vida, Sialuk había tenido el privilegio de conocer a otros líderes que repartían buena parte de lo que habían obtenido entre los más desfavorecidos de la comunidad, a costa de ellos mismos y sus familias si hacía falta.

El silencio de Sialuk se alargaba más de la cuenta, por lo que Malik comenzó a impacientarse. Las dos mujeres cruzaron sus miradas. Nuvua pareció ruborizarse y agachó la cabeza, mientras que Meriwa mantenía una postura más neutral.

—Meriwa no se encuentra bien últimamente —gruñó al fin Sialuk. Prefería argüir una excusa antes que sincerarse y provocar una confrontación directa.

—Vaya. ¿Y qué le ocurre? —preguntó Malik sin ocultar su escepticismo—. Yo le veo muy buen aspecto.

—Cosas de mujeres —se limitó a contestar.

Aquella vaga respuesta desató la furia de Malik. Paradójicamente, tenía derecho a sentirse insultado, pues a aquel que se negaba a prestar a su mujer solían tacharle de avaro y mezquino.

—O más bien cosa tuya. Eres más egoísta de lo que me había imaginado.

Sialuk estuvo a punto de decirle lo que en realidad pensaba de él, pero logró morderse la lengua en el último instante.

—No pienso quedarme aquí soportando tus insultos —espetó, tomó a Meriwa de la mano y se marcharon a toda prisa de allí.

A raíz de aquel incidente, la relación entre Sialuk y Malik se deterioró de forma notable, hasta desembocar en una manifiesta animosidad. Ambos hombres procuraban evitarse y solo se dirigían la palabra cuando era estrictamente necesario. Sus mujeres, por el contrario, no se dejaron arrastrar por el clima de hostilidad que flotaba en el ambiente. Meriwa y Nuvua se dispensaban un trato cordial y adoptaban siempre una actitud conciliadora con la esperanza de que sirviese de ejemplo para sus maridos. Pese a ello, el antagonismo entre uno y otro se fue fortaleciendo día tras día, sobre todo después de que Sialuk sorprendiese a Malik echando ojeadas lascivas a su esposa en más de una ocasión.

Por otra parte, entre Ituko y Kireama fluía una corriente invisible que por el momento únicamente se traducía en gestos y miradas, pues ninguno de los dos había dado el paso de entablar conversación.

Y en cuanto a Anori, el chico se había encerrado en sí mismo porque los demás niños no paraban de burlarse de él. Decían que era un cobarde, que incluso las focas le daban miedo, y luego se reían hasta que se les saltaban las lágrimas. Anori no entendía por qué no podía ser como los demás, y para colmo, hacía varias noches que tenía unos sueños muy extraños que apenas le dejaban dormir.

La escasa luz solar y la dificultad para cazar hacían del invierno el periodo más proclive para las reuniones en el *kashim*. Los habitantes del poblado se congregaban en la casa comunal para contar historias y rememorar las hazañas acontecidas durante el año aunque, dados los recientes acontecimientos, el tema que mayor atención acaparó fue el de los *qallunaat* y los graves problemas que les estaban causando.

En el *kashim* también tenían lugar numerosas ceremonias oficiadas por el chamán o *angakkoq*. Entre sus funciones se encontraban las de curar o adivinar el futuro, pero fundamentalmente su papel era el de intermediar entre el plano de lo físico y el de lo espiritual para restablecer el equilibrio y la armonía entre los hombres y los animales y propiciar el éxito en la caza. En los ritos, el *angakkoq* cantaba, bailaba y entraba en largos trances durante los cuales su alma viajaba al mundo de los espíritus, donde se comunicaba con los *inua* y las divinidades esquimales hablando su lengua especial. Otras veces el chamán era poseído por un poderoso espíritu; a veces, este le transmitía nuevos tabúes o canciones mágicas, que se incorporaban de inmediato a los ya practicados por la tribu.

Por lo general, la figura del chamán era bastante temida, por lo que solía residir en una casa algo más alejada del resto. El *angakkoq* de aquella aldea, que se llamaba Alornerk, creaba, además, un cierto desasosiego añadido a consecuencia de una oscura mancha de nacimiento que le nacía en la sien y se extendía por toda su mejilla derecha, lo que le confería un aspecto inquietante. Al margen de eso, Alornerk gozaba de una alta consideración entre los miembros de la comunidad, quienes se encargaban de su manutención, si bien llevaba una vida muy austera y no requería mucho para subsistir.

En otro orden de cosas, al finalizar el invierno, el mejor perro de Sialuk, una hembra que realizó el durísimo trayecto en trineo hasta el nuevo asentamiento, tuvo una camada de cachorritos que hizo las delicias de grandes y pequeños. Sialuk eligió al más sano y le puso el nombre de su madre. De ese modo ella, que se abandonó a los hielos para que el resto de la familia lograse sobrevivir, halló un nuevo cuerpo en el que albergarse, y pudo por fin dejar de vagar por las frías y solitarias noches árticas.

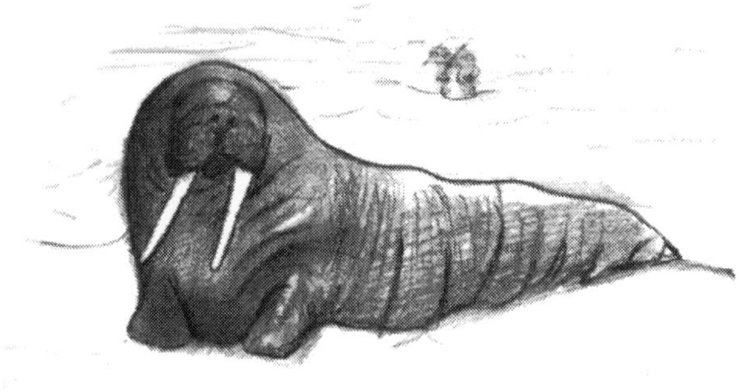

CAPÍTULO TERCERO

El comienzo de la primavera coincidió con un suceso que conmocionó a toda la aldea.

Un día cualquiera, cuando ya había anochecido, Meriwa salió de su casa para pedirles a sus vecinos un poco de grasa de foca para su lámpara, pues a ellos se les había acabado.

A Sialuk le pareció que su mujer tardaba mucho en volver, pero no le dio importancia porque pensó que se había entretenido charlando, como solía ser habitual en ella. Sin embargo, después de haber pasado un tiempo más que considerable, empezó a preocuparse.

—Kireama, ve a buscar a tu madre. Espero que no le haya pasado nada.

—Sí, padre.

Por desgracia, su hija le trajo noticias tan inesperadas como alarmantes: Meriwa había estado en casa de sus vecinos, pero de eso hacía ya un buen rato.

Angustiado, Sialuk comenzó a recorrer la aldea y a llamar puerta por puerta preguntando por su esposa. Nadie sabía nada, por lo que todo el poblado se movilizó enseguida para buscarla en las inmediaciones.

La encontraron muy cerca de allí, detrás de un montículo de hielo, inconsciente y con claros signos de hipotermia; de haber tardado un poco más, habría muerto congelada. Pero eso no era lo peor. Sus ropas remangadas indicaban que había sido víctima de una violación.

Cuando Meriwa volvió en sí, lo único que recordaba era que la habían abordado por la espalda y le habían propinado un fuerte golpe.

—¿Llegaste a verle la cara?
—No. Solo una silueta, aunque no sabría decir de quién.

Sialuk, en cambio, no albergaba dudas acerca de la identidad del agresor. Desde que rechazó su proposición de intercambiar a sus esposas, el dichoso Malik se la tenía jurada y finalmente había decidido satisfacerse a su manera. Desde luego, no se le ocurría ningún otro capaz de hacer algo así, y la posibilidad de que se tratase de alguien de fuera resultaba bastante remota.

Por supuesto, cuando Sialuk le señaló con el dedo públicamente, Malik se indignó y negó rotundamente las acusaciones, si bien la coartada que esgrimió tampoco le libraba de toda sospecha. Según dijo, aquella noche salió para alimentar a su tiro de perros, y si se demoró más de lo normal fue porque estos se habían estado peleando encarnizadamente y tuvo que disciplinarlos con el látigo.

En cualquier caso, Sialuk no tenía forma de demostrar la culpabilidad de Malik, porque nadie había sido testigo del suceso. Y, sin pruebas, no podía cobrarse la venganza que por derecho le correspondía.

En la sociedad esquimal no existía un código de leyes como tal, sino una serie de normas no escritas orientadas a asegurar la armonía en la convivencia y evitar los conflictos. A pesar de ello, siempre había algún crimen o surgían disputas que precisaban de la unidad del grupo para ponerles solución. Normalmente, al que cometía un delito menor como, por ejemplo, un hurto, se le ridiculizaba hasta que, agobiado por los comentarios, devolvía lo robado. En comunidades pequeñas donde todos se conocían no hacía falta recurrir a medidas demasiado severas. Además, si la persona se arrepentía y retornaba a la senda correcta, los demás se olvidaban rápidamente de lo ocurrido y no se producía ningún tipo de estigmatización. Cosa distinta sucedía con los crímenes más graves, en los que se imponía la ley del talión. El asesinato era vengado por la familia de la víctima con la muerte del homicida. Y, en el caso que concernía a Sialuk, el sistema le permitía violar a la mujer del agresor, o incluso quitarle vida.

Que no hubiese ningún testigo resultaba bastante extraño. No obstante, Sialuk esperaba que más adelante alguien se atreviese a dar la cara. El temor que pudiese infundir el jefe del poblado no podía durar eternamente.

—Esto no va a quedar así —espetó Sialuk situándose a un palmo de su enemigo.

—No seas idiota —replicó Malik—. Mientras tú pierdes el tiempo conmigo, el verdadero culpable anda suelto.

Por fortuna, Meriwa era una mujer fuerte y se recuperó de la agresión sin sufrir ninguna secuela. Pero el clima de confianza que hasta entonces se había respirado en la aldea se vio muy deteriorado a partir de ese día.

Anori estaba muy intranquilo. Habían dejado atrás el crudo invierno y había llegado el tan temido momento de retomar su aprendizaje como cazador. Para animarse, pensó que después de su desastroso inicio ya no lo podría hacer peor, así que se armó de valor y se convenció a sí mismo de que en esta ocasión sería diferente.

Malik reunió a los niños para seguir instruyéndoles en la caza de focas. Esta vez emplearían una técnica diferente, pues durante la primavera estas acostumbraban a salir del agua y tomar el sol sobre la banquisa de hielo.

Situados a una prudente distancia, Malik les contó en voz baja, para no espantarlas, cómo iban a proceder.

—Las focas siempre están alerta, mirando a un lado y a otro, pendientes de que no aparezca su más fiero enemigo: el oso blanco. Existen varias maneras de acercarnos a ellas, pero el método más eficaz es mediante el engaño.

Los muchachos observaron entonces al líder del poblado, mientras se envolvía en pieles de foca y escondía un arpón bajo ellas.

—Prestad mucha atención —dijo.

Malik se tumbó en el suelo y comenzó a arrastrarse imitando el movimiento y los sonidos de las focas. Fue poco a poco aproximándose a ellas y, cuando estuvo lo bastante cerca, sacó el arpón y se lo arrojó a un macho de gran tamaño que previamente había seleccionado. Acertó de pleno, cobrándose así su primera pieza.

—Es importante que la matéis al primer intento —explicó a su regreso—. Si erráis el lanzamiento o solamente la herís, se sumergirá en el agua y la habréis perdido para siempre. —Los niños asentían al tiempo que absorbían toda la información—. Además, debéis imitar muy bien su lenguaje si no queréis que os descubran antes de tiempo. Bien, hacedme una demostración.

A continuación, cada uno de ellos reprodujo —con mayor o menor tino— los característicos gruñidos y gemidos de la foca. Y aunque les salió bastante bien en general, tendrían que seguir practicando. Todos menos Anori, cuya imitación resultó casi perfecta.

—Tú serás el primero en intentarlo —dictaminó Malik—. Ya has visto cómo se hace. Y no se te ocurra repetir lo de la otra vez. No pienses, solo actúa. ¿Entendido?

Anori sintió un nudo en el estómago. Hubiera dado cualquier cosa por que se estrenara otro. Pero no tenía escapatoria, así que se armó de valor, se embutió en las pieles y se dirigió hacia el grupo de focas mientras se hacía pasar por una de ellas, igual que le había visto hacer a Malik.

Cuando se hallaba a unos veinte metros, el chico sonrió. No necesitaba desplazarse con cautela. El disfraz era fantástico, podía acercarse tanto como quisiera. Anori apretó el arpón con todas sus fuerzas mientras elegía a su objetivo. No iba a volver a fracasar. Tenía que aprender a cazar; los inuit necesitaban cazar para sobrevivir en las inhóspitas regiones polares. Aquel era su destino, como había sido el de su padre y el de tantos hombres antes que él.

Se alzó y empuñó el arpón apuntando a una foca mediana que le daba la espalda. Parecía un blanco fácil. Con todo, cuando el animal se giró hacia él y vio el terror en sus ojos, se quedó petrificado. Esos segundos de indecisión les dieron tiempo de reacción a las focas, que huyeron en cuanto se percataron del peligro que las acechaba.

Malik le lanzó una dura mirada de desaprobación cuando el muchacho volvió junto a sus compañeros, pero ni siquiera se molestó en reprenderle porque sabía que no serviría de nada.

—Tu hijo es un caso perdido —le comunicó horas después a Sialuk—. Si participara en una partida caza, no solo regresaría siempre con las manos vacías, sino que además perjudicaría al resto del grupo, pues de ninguna manera podrían contar con él.

Pese a las duras críticas de Malik, Sialuk se resistía a aceptar lo evidente y decidió darle otra oportunidad a Anori, esta vez bajo su estricta supervisión.

A la mañana siguiente, padre e hijo cogieron a los perros y fueron en busca de una placa de hielo en la que hubiese los típicos orificios que las focas utilizaban para respirar. Aquel sistema, aunque requería de una mayor paciencia, era el más sencillo de todos para aprender a cazar.

Como solamente estaban ellos dos, Sialuk empleó un método distinto al habitual: hizo que los perros orinaran en todos los respiraderos menos uno, donde se colocaron Anori y él. De esta manera, cuando las focas salían por ellos y olfateaban el orín, se sumergían rápidamente y buscaban otro, hasta que al final emergían por el único que estaba limpio, donde el cazador las aguardaba con su arpón.

—Estaremos aquí el tiempo que haga falta —señaló—. Pero cuando asome una foca por ese agujero, no puedes dudar. Vamos a demostrarle al necio de Malik que se equivoca contigo.

Anori se preparó, esta vez con la presión añadida de no defraudar a su padre. En contra de lo usual, apenas tuvieron que esperar, pues una cabeza de foca apareció enseguida por el agujero en el que se hallaba el muchacho. Sin embargo, la historia se repitió de nuevo con idéntico resultado: a la hora de la verdad, Anori se sintió incapaz de herir al animal.

Sialuk fue entonces plenamente consciente del conflicto interno que atormentaba a su hijo. Ir contra su naturaleza no tenía sentido, por lo que, dadas las circunstancias, de momento prefirió dejarlo estar.

Descartado para la caza mayor, Sialuk adiestró a Anori en la captura de aves y en la pesca de peces, animales con los cuales no parecía tener tantos reparos. Los esquimales atrapaban ánades, garzas y otras especies situando grandes redes fabricadas con barbas de ballena en lo alto de los montículos, aprovechando que los pájaros pasaban volando a baja altura. La pesca era más habitual en los ríos, para lo cual colocaban piedras en un determinado punto del recorrido que, si bien permitían el paso del agua, no lo hacía de los peces que remontaban el río para desovar.

Con todo, Sialuk era consciente de que eso no bastaría para hacer de Anori un miembro productivo de la comunidad. Si no se convertía en un bravo cazador capaz de conseguir alimento en abundancia, ninguna mujer querría casarse con él porque no podría sostenerla ni a ella ni a sus hijos, y los hombres lo ridiculizarían, le marginarían y durante los inviernos pasaría hambre y frío.

No obstante, aún quedaba una salida. Aquellos que por extrañas razones no estaban capacitados para la caza, a veces lo compensaban con una gran destreza con las manos y podían dedicarse a la fabricación de utensilios, trineos y embarcaciones. De esa manera contribuían al bienestar de la pequeña sociedad a la que pertenecían, y el líder del poblado se responsabilizaba de procurarle el sustento necesario para vivir.

Sialuk, aun decepcionado, confiaba en que Anori llegase a ser al menos un gran experto en su nueva ocupación.

Cierta noche, Ituko comenzó a sentir un fuerte dolor de estómago que se prolongó hasta el amanecer. El joven permaneció en el refugio todo el día, bajo la atenta vigilancia de Nuvua, quien le proporcionó los mejores cuidados que una madre le podía ofrecer. A pesar de ello, las molestias no cesaron, por lo que al tercer día Malik decidió recurrir al *angakkoq*, cuyos valiosos servicios eran requeridos precisamente para casos como aquel.

Alornerk se presentó en el hogar del líder del poblado haciendo gala del porte solemne que siempre le acompañaba. No traía nada consigo, pues los chamanes inuit no utilizaban ni plantas medicinales, ni tampoco drogas, ni estimulantes, ni medicación de ningún tipo. Al margen de los tratamientos de signo mágico o de naturaleza puramente espiritual, sus métodos de curación eran muy básicos: las heridas las limpiaban con orina, ponían grasa sobre las quemaduras, y los huesos fracturados se recolocaban y entablillaban.

Ituko yacía sobre una piel en el suelo y, para que el *angakkoq* pudiese examinarle, se había desnudado de cintura para arriba. La lámpara de esteatita mantenía una temperatura agradable en el interior de la vivienda.

Alornerk se inclinó sobre el muchacho y le palpó el vientre con ambas manos.

—Mi hijo casi nunca se ha puesto enfermo —apuntó Nuvua.

—Silencio —solicitó el chamán, que a continuación se giró hacia Ituko y le hizo una pregunta directa—: Necesito que seas sincero. ¿Has roto recientemente algún tabú?

—¡Claro que no! —terció Malik—. Mi hijo cumple a rajatabla con todas las prescripciones. Yo mismo me ocupo de que así sea.

Alornerk le fulminó con la mirada.

—Es Ituko quien debe contestar, no tú.

La mayoría de las dolencias solían tener su origen en la trasgresión de un tabú; por tanto, un requisito indispensable para su curación consistía en que el enfermo confesase su pecado.

El joven negó con la cabeza y el *angakkoq* leyó en sus ojos que había sido sincero.

—¿Y has tenido alguna pesadilla capaz de interrumpir tu descanso nocturno?

Existían otras dos circunstancias que podían haber causado el mal. La primera de ellas era la pérdida del alma, que podía tener lugar cuando el individuo soñaba y después no encontraba el camino de vuelta, o bien cuando esta le era robada por un espíritu maléfico, o incluso un animal— particularmente el oso—, al que no le hubiese mostrado la gratitud debida tras haberle dado muerte. Alornerk, sin embargo, percibió que el alma de Ituko no había salido de su cuerpo, por lo que la enfermedad solo podía deberse al segundo motivo: la intrusión de un espíritu maligno en su interior.

Hecho el diagnóstico, el chamán le pidió que se diese la vuelta. Luego sacó un punzón de sílice de entre sus ropas y comenzó a murmurar una canción ritual, al tiempo que realizaba un corte en la espalda de Ituko.

—Deja la mente en blanco —le dijo.

Malik y Nuvua observaban la escena con cierta angustia, pese a que el muchacho no se había quejado lo más mínimo. Según sus creencias, junto con la sangre que vertiera, saldría también el malévolo espíritu que atormentaba al enfermo.

Alornerk concluyó el cántico y, por último, cogió una mecha incandescente de la lámpara y la aplicó sobre la herida para cauterizarla.

—Su alma está limpia de nuevo— dictaminó—. En dos días se habrá recuperado.

Malik le dio las gracias y le entregó varias tajadas de carne de foca helada en recompensa por sus servicios.

Al día siguiente, Ituko comenzó a sentirse mejor, tal y como el chamán había predicho.

—Antes de lo que piensas estarás cazando de nuevo —le aseguró Malik, que partió esa jornada muy aliviado por cómo se había resuelto la situación.

Nuvua, por su parte, decidió quedarse junto a su hijo, por si aún necesitaba algo, de modo que aprovechó para curtir una piel por el procedimiento de masticarla con los dientes.

A media mañana, Kireama pasó por su casa para pedirle a Nuvua una aguja de hueso.

—Es que la mía se ha... se ha partido —explicó.

La mujer disimuló una sonrisa. A Nuvua no se le escapaba que la petición de la muchacha no era más que un pretexto para ver qué tal estaba Ituko, al igual que no le habían pasado desapercibidos los sutiles intercambios de miradas entre su hijo y Kireama cada vez que se cruzaban por las calles del poblado. Con todo, ninguno de los dos se había animado a ir un paso más allá: aún no habían conseguido vencer su timidez, y seguramente el hecho de que los padres de ambos se llevasen tan mal tampoco ayudaba.

Nuvua fingió buscar una aguja durante un rato, hasta que se incorporó y se dio una palmada en la frente.

—Oh, vaya. Qué fatalidad.

—¿Qué? ¿Qué pasa?

—Acabo de acordarme de que el otro día se la presté a Panninguaq.

Naturalmente, era mentira. En realidad, Nuvua quería dejarlos a solas para darles la oportunidad de intimar que ambos buscaban. Estaba convencida de que hacían muy buena pareja.

—Ahora vuelvo —añadió, saliendo apresuradamente del refugio.

Los primeros instantes entre los jóvenes fueron bastante incómodos. Tumbado en el lecho, Ituko evitaba mirar a Kireama porque se sentía vulnerable en su actual estado de convalecencia.

—¿Cómo te encuentras? —preguntó al fin la muchacha.

—No ha sido para tanto —repuso él sin poder reprimir su orgullo—. Mis padres se preocupan demasiado.

—Y hacen bien. No se debe tomar a broma la acción de los espíritus maléficos.

—En eso llevas razón.

A eso le siguió un nuevo silencio, aunque menos embarazoso que el anterior.

—Tengo sed —dijo Ituko.

Kireama tomó un puñado de nieve de la entrada y lo puso sobre la lámpara para que se derritiera. Después vertió el agua en una escudilla hecha con un cráneo de morsa y se la tendió al muchacho, que bebió con avidez.

—Alornerk da un poco de miedo— señaló Kireama—. ¿No te parece?

—Sí, inspira un gran respeto, de eso no hay duda. Dicen que es el *angakkoq* más poderoso que ha habido en muchas generaciones.

—Nuestro chamán era una mujer, ¿sabes? —comentó—. Era una anciana dulce y compasiva, y poseía un don extraordinario para comunicarse con los espíritus. La echo de menos... bueno, a ella y a todos los que vivían en nuestro anterior asentamiento.

Ituko advirtió que Kireama se había conmovido recordando el pasado que había dejado atrás y posó su mano sobre la de ella para ofrecerle consuelo. Aquel breve contacto físico bastó para sellar entre los dos el comienzo de un amor incondicional.

—Tarde o temprano se lo haremos pagar a los *qallunaat*. Te lo prometo.

Conforme pasaban los meses, la animadversión entre Sialuk y Malik se fue enconando cada vez más, hasta que el asunto terminó por afectar a toda la aldea.

Quizás Sialuk no fuese un cazador tan notable como su rival, pero desde luego sí que encarnaba los valores morales que se le presuponían a un buen líder. A la hora del despiece, Sialuk repartía las mejores partes de la captura entre sus compañeros de batida, a los que siempre dedicaba palabras de reconocimiento y admiración, y luego reservaba una parte para los miembros más débiles de la comunidad —las viudas y los huérfanos fundamentalmente, pues no podían ganarse el sustento— para que no pasaran hambre.

Dicha actitud le llevó a granjearse el respeto de sus vecinos, en detrimento de Malik que poco a poco fue perdiendo adeptos. Pronto hubo dos liderazgos, así como dos grupos de caza que a diario competían entre sí por demostrar cuál era el mejor, cosa que no beneficiaba en nada a un tipo de sociedad en el que, por pura necesidad, se había antepuesto siempre la cooperación a la rivalidad. Además, la existencia de dos voces autorizadas podría suponer un grave problema a medio plazo, tan pronto como la aldea se enfrentase a un dilema al que tuviese que dar respuesta de forma conjunta.

Por otra parte, y pese a que la autoridad de Malik parecía estar cada vez más cuestionada, seguía sin haber nadie que admitiese haber visto nada la noche de la violación. Sialuk empezaba a aceptar la posibilidad de que realmente no hubiese habido ningún testigo del crimen. En tal caso, jamás podría demostrar la culpabilidad de Malik, de la que estaba absolutamente convencido.

A Sialuk también le preocupaba el futuro de su hijo Anori que, tras haber desistido de aprender a cazar, por ahora tampoco parecía estar especialmente dotado para la artesanía. En cualquier caso, todavía era demasiado pronto para juzgar.

El final de la primavera trajo una noticia que Meriwa comunicó a su familia con gran emoción: estaba embarazada. Sialuk también lo celebró. Siempre que la caza no faltase, podía permitirse el lujo de alimentar una boca más. Además, el recién nacido paliaría en cierta medida la pérdida del pequeño Nukappi, cuyo recuerdo aún les provocaba un inmenso dolor.

CAPÍTULO CUARTO

Con la llegada del verano, tras el deshielo, el poblado se trasladó de la costa al interior, donde levantaron un asentamiento formado por tiendas de pieles.

Durante esta época prevalecía la caza de los animales terrestres sobre los marinos. En concreto, cobraba especial importancia la caza del caribú, una especie de reno salvaje que durante sus migraciones se desplazaba en grandes rebaños, que podían llegar a tener miles de ejemplares. Además de por su carne, que se convertía en el sustento principal de los inuit en esta época del año, el caribú era también muy apreciado por sus pieles, cálidas pero ligeras; por sus cuernos, que servían de materia prima para la fabricación de utensilios; y por la grasa, que empezaban a acumular bajo su pelaje como reserva de cara al invierno y que hacía que aquel periodo resultara particularmente óptimo para su captura.

Una vez que localizaban una manada, contaban con diversos sistemas de caza en función de las circunstancias. Normalmente colocaban alineamientos de rocas que adoptaban figuras humanas, y después asustaban a los caribúes para que tomaran dichos pasillos con el fin de conducirlos a un enorme corral de piedra, donde los cazadores aparecían por sorpresa y los mataban a flechazos. Otras veces les guiaban hacia un lago, instante en el que los hombres embarcaban en sus kayaks y los lanceaban con relativa facilidad.

Sin embargo, tras varias semanas de búsqueda, la tribu de Sialuk todavía no había avistado ni una sola manada de caribúes.

Aquello no era del todo extraño, pues para asentamientos tan pequeños resultaba casi imposible poder controlar superficies tan extensas. El conocimiento de sus itinerarios habituales ayudaba a delimitar los espacios de exploración. No obstante, las fluctuaciones climáticas en el Ártico provocaban que el número de animales sufriese notables oscilaciones de un año a otro, llegando incluso a abandonar por temporadas territorios enteros. De cualquier manera, con independencia del motivo por el cual no los encontraban, las consecuencias para el poblado se adivinaban fatales si finalmente se desencadenaba una hambruna.

Para colmo de males, los dos grupos que se habían creado en torno a cada uno de sus líderes —Malik y Sialuk— no hacían otra cosa que reprocharse mutuamente su incapacidad para hallar el rastro del ansiado caribú. Dadas las circunstancias y el tiempo transcurrido sin haber obtenido el menor resultado, había llegado el momento de que interviniera el *angakkoq*.

Los habitantes del poblado se habían congregado en el exterior de sus casas y esperaban impacientes a que el chamán hiciese su aparición. Alornerk se demoraba más de lo previsto, aumentando el nerviosismo que ya se respiraba desde primera hora de la mañana.

Por fin, el chamán surgió en la distancia. Caminaba con paso firme, entonando una canción mágica en voz baja. La expresión de su rostro, marcado por la mancha en la mejilla que le caracterizaba, reflejaba un profundo sentimiento de disgusto e indignación.

La ausencia de caza indicaba que se habían vulnerado ciertos tabúes y se había ofendido al espíritu del caribú, el cual, encolerizado, había decidido desaparecer. Bastaba que una sola persona transgrediese las prescripciones para que toda la comunidad padeciese las consecuencias. El chamán era el único que podía descubrir al responsable de la falta; solo entonces, cuando averiguase qué prescripción se había incumplido, podría llevar a cabo el correspondiente rito de expiación.

—¡¿Quién ha sido?! —exclamó Alornerk alzando los brazos al cielo—. ¿Quién ha osado deshonrar el *inua* del caribú, a sabiendas de que su negligencia nos conduciría a todos al desastre?

El *angakkoq* se paseaba entre los presentes con extrema lentitud, escudriñándoles uno a uno, como si a través de sus ojos pudiese adentrarse en su alma y averiguar la verdad.

—Si confiesa su falta voluntariamente, será mucho mejor.

Los tabúes de los inuit eran muy numerosos. Algunos se habían instituido recientemente, mientras que otros hacía tiempo que habían caído en desuso; unos tenían detrás una explicación razonable, mientras que otros carecían totalmente de lógica o sentido. Poco importaba, pues los tabúes estaban hechos para cumplirse, no para ser comprendidos. Había multitud de ellos, desde el que prohibía mezclar en la comida los animales terrestres con los marinos, hasta el de que las mujeres no podían cazar focas ni tampoco coser fuera de estación. Y para realizar cualquier actividad relacionada con la caza, había que seguir un ritual al pie de la letra y asegurarse de que se cumplían una serie de requisitos. Por ejemplo, antes de emprender una expedición ballenera, los cazadores tenían que limpiar perfectamente sus armas y ponerse ropas sin estrenar, debían revestir el *umiak* con una cubierta nueva y transportarlo ellos mismos hasta el mar sin ayuda de los perros.

Alornerk se detuvo cuando llegó a la altura de la familia de Sialuk. Su mirada basculó del padre a la madre, y después se posó en sus dos hijos. Kireama superó su examen; no así Anori, cuyo espíritu captó inmediatamente su interés.

—Tú... —murmuró el chamán.

—Mi hijo es inocente —se apresuró a defenderlo Sialuk—. Es cierto que a veces los niños se saltan las prescripciones, sobre todo durante su adiestramiento. Pero Anori ha renunciado a cazar. ¿Cómo iba entonces a romper ningún tabú?

Alornerk entrecerró los ojos. El crío había llamado de algún modo su atención, aunque no sabría decir muy bien por qué. De todas maneras, su padre tenía razón: el chico no era la persona que andaba buscando.

—Se ha rendido demasiado pronto —apuntó—. Quizás debería volver a intentarlo.

Alornerk reanudó el paso, decidido a descubrir al culpable o culpables y averiguar las prescripciones que habían incumplido. Como chamán, Alornerk poseía el don de restablecer la armonía entre los hombres y los animales, a través de un complejo ritual mediante el cual volaba al mundo de los espíritus para actuar como mediador. A veces, incluso, se comunicaba directamente con las divinidades esquimales más poderosas, como por ejemplo Sedna, que era la diosa que controlaba los mamíferos marinos.

A continuación se cruzó con Malik, al que se quedó mirando fijamente. El líder oficioso del poblado le sostuvo la mirada sin mostrar temor alguno —él era uno de los pocos habitantes que, gracias a su estatus, podía permitirse tal lujo—. El *angakkoq* no dijo nada y acto seguido se centró en el joven Ituko. Pese a la presión, este no alteró un ápice su semblante, ya que siempre actuaba con la más absoluta rectitud.

Alornerk sintió una enorme frustración. Había terminado su recorrido y, aunque albergaba dudas acerca de algunas personas cuyas almas arrojaban ciertas sombras, no podía afirmar que entre ellos se encontrase el infractor. De hecho, probablemente hubiese varios responsables y los tabúes quebrantados también fuesen distintos.

—¿Cómo esperáis que viaje al mundo de los espíritus para mediar ante ellos por vosotros si no sé en qué les hemos agraviado? —bramó a la multitud—. ¡Así hay muy poco o nada que yo pueda hacer! ¡Vosotros mismos os estáis condenando al hambre y la enfermedad! —Y, dicho esto, se giró y emprendió el camino de regreso a su refugio.

La comunidad le temía pero, al mismo tiempo, tenía depositadas todas sus esperanzas en él. Por ello, la perplejidad inicial que provocaron aquellas palabras se transformó en auténtico pavor cuando se dieron cuenta de lo que estas suponían. ¿Qué sería de ellos si ni siquiera su ilustre chamán parecía capaz de revertir la cada vez más alarmante situación?

Tras aquel primer contacto durante la enfermedad de Ituko, este y Kireama comenzaron a protagonizar furtivos encuentros en el poblado, seguidos de otros más prolongados a escondidas de todo el mundo.

En realidad, el único motivo por el que actuaban de aquella manera tan inusual era la notoria enemistad que existía entre sus padres, que, lejos de remitir, se enconaba cada día más. A sus madres, en cambio, les habían hecho partícipes de la situación y ambas apoyaban la relación sin fisuras de ningún tipo.

Sin embargo, la pareja pronto se cansó de ocultarse, y finalmente decidieron casarse para normalizar su situación. Ambos tenían edad suficiente para ello —entre los inuit, las mujeres se consideraban aptas para el matrimonio a partir de los doce años, coincidiendo con su primera menstruación, y los hombres, una vez que hubiesen adquirido todas las habilidades para la caza, lo cual ocurría alrededor de los veinte— y, además, Kireama procedía de una tribu distinta, aspecto este clave para los esquimales, fundamentalmente exogámicos —los casamientos entre primos no estaban bien vistos, y los tabúes prohibían taxativamente el incesto entre hermanos—. Normalmente se trataba de matrimonios concertados, en los que los progenitores acordaban la unión de sus hijos cuando estos eran pequeños, pero también había algunos por amor. Este era el caso de Ituko y Kireama, quienes estaban dispuestos a seguir adelante incluso a pesar de no contar con la aprobación de sus padres. El enlace no requería ninguna clase de rito, se daba por consumado cuando ambos emprendían la vida juntos.

Aquella mañana el sol brillaba con ímpetu, arrojando una suave caricia sobre el territorio central de la inmensa isla, escarpado y cubierto de nieve, que se extendía a lo largo del horizonte. La decisión estaba tomada y la pareja comenzó a levantar su propio refugio en un extremo del asentamiento, a la vista de todos. Sus madres, Meriwa y Nuvua, también arrimaron el hombro transportando los materiales necesarios para la construcción. La noticia se difundió de boca en boca a gran velocidad, hasta llegar a oídos de Sialuk y Malik, los cuales se plantaron allí sin poder disimular su enorme desconcierto.

—Ituko, ¿qué demonios significa esto? —inquirió Malik de malos modos.

El muchacho dejó lo que estaba haciendo y, tras rodear de forma protectora a Kireama con el brazo, replicó:

—Lo que has oído es cierto. Estoy construyendo un hogar al que irme a vivir con ella.

Sialuk se dio cuenta en ese instante de lo que estaba pasando, y su rostro palideció.

—¡Pero... Kireama! —exclamó—. ¿Por qué has tenido que elegirle como compañero precisamente a él?

—¡¿Y qué tiene de malo mi hijo, si puede saberse?! —terció Malik.

—No estaba hablando contigo —espetó Sialuk.

Antes de que se enzarzasen en una interminable discusión, Meriwa decidió intervenir.

—En eso tiene razón. ¿Por qué Ituko no iba a ser un buen esposo para nuestra hija?

Sialuk se giró hacia ella con incredulidad.

—¿Acaso has perdido la cabeza? ¿Cómo se te ocurre defender al hombre que te violó?

—¡¿Ya estás otra vez con lo mismo?! —objetó Malik—. ¡Cuántas veces he de decirte que yo no fui!

Meriwa, en actitud conciliadora, cogió la cara de su marido entre sus manos y le dijo:

—Sialuk, por favor, no menciones ese tema, te lo ruego. Ni siquiera podemos estar seguros de que realmente fuese él.

A continuación, fue Kireama la que intervino. A fin de cuentas, era su futuro el que estaba en juego.

—Papá, es con Ituko con quien voy a casarme, no con su padre.

Sialuk no replicó. Aunque le fastidiase, no podía negar que las dos llevaban razón.

Además, si analizaba la situación con objetividad, no cabía duda de que Kireama había realizado la elección más acertada. Ituko era un excelente cazador, que igualmente fabricaba utensilios en piedra y marfil con gran destreza. No solo eso, sino que además poseía un carácter sencillo y bondadoso, muy alejado de los cuestionables valores de los que su padre hacía gala.

—Tu hija tiene mucha suerte de que Ituko la quiera como esposa —intervino Malik, y con una sonrisa de suficiencia, añadió—: Lo que no comprendo es qué ha podido ver él en ella.

Aquel provocador comentario encendió de nuevo los ánimos de los presentes pero, antes de que se originase otra disputa, Nuvua se apresuró a reprender a su marido para que dejase de decir tonterías como esa.

—Conozco a Kireama, y te aseguro que ya está más que preparada para convertirse en una buena compañera. Sabe desollar animales, curtir pieles, coser ropa y ocuparse de la lámpara de esteatita. Y por si fuera poco, es una chica amable y cariñosa. ¿Qué más se podría pedir?

Malik resopló e hizo un aspaviento con los brazos, como dando a entender que no quería formar parte de aquel asunto. Sialuk hizo un gesto parecido, y luego ambos se marcharon de allí refunfuñando, contrariados por aquel inesperado giro del destino en virtud del cual muy pronto serían familia el uno del otro.

Pero el verano estaba a punto de terminar y los caribúes seguían sin dar señales de vida.

El grupo liderado por Malik había renunciado a su búsqueda y había optado por desplazarse a la costa a diario, donde cazaban focas y morsas que compensasen la ausencia de su acostumbrado sustento estival. Con todo, los viajes eran largos y las capturas, insuficientes para dar de comer a toda la aldea. Sialuk, mientras tanto, no se había dado por vencido y, junto a sus partidarios, continuaba organizando expediciones al interior de la isla. Y aunque no había ni rastro del caribú, al menos nunca se volvían con las manos vacías, pues siempre conseguían capturar unas liebres, un zorro o, cuando había suerte, algún que otro oso polar.

Después del episodio protagonizado por el chamán, Sialuk no había podido dejar de pensar en las palabras que este le había dedicado a su hijo tras haberle escrutado el alma. Pese a la incapacidad manifiesta que Anori había demostrado para cazar, Alornerk había insinuado que se había rendido con demasiada facilidad, y que debería volver a intentarlo. Por ello, aquella mañana Sialuk le pidió que fuese con él.

—Pero, papá, yo no quiero ser cazador —protestó enfurruñado—. Sabes que no sirvo para eso.

—Quizás, pero pienso insistir. Además, no veo que seas precisamente mañoso con las manos. —Era verdad. Por más que se esforzaba, el oficio de artesano tampoco parecía estar hecho para él—. Y algo tendrás que hacer para valerte por ti mismo y que no te conviertas en el hazmerreír del poblado.

La pequeña partida de cazadores —formada por padre e hijo, además de por un par de hombres que aún confiaban en localizar a los renos— puso rumbo al noreste, con el fin de cubrir nuevas extensiones de terreno que aún les faltaban por explorar.

En verano, con el deshielo, el habitual paisaje blanco de la tundra daba paso a una paleta de colores parduzcos que tenía su origen en un conglomerado de musgos y líquenes, que era lo único que podía arraigar en aquellas tierras. Algunas plantas y arbustos también lograban crecer en las hendiduras de las rocas, resguardadas de los vientos y las bajas temperaturas.

Durante la marcha, Sialuk aprovechó para enseñar a Anori a tender lazos y excavar trampas, así como a detectar el rastro de los animales mediante el reconocimiento de sus huellas y heces, pero no se les presentó ninguna oportunidad de cazar propiamente dicha.

La caminata estaba siendo muy exigente, larga y pesada, y aunque Anori no se quejaba, saltaba a la vista que estaba agotado y apenas podía aguantar el ritmo de los adultos.

—Hagamos un descanso —señaló el cabecilla.

El grupo se sentó en unas piedras y compartió los restos putrefactos de un ave que Sialuk había traído consigo. Una suave brisa recorría la llanura, meciendo las nubes bajas teñidas de tonos bermejos.

Tras la breve pausa, se levantaron para reanudar el camino. Todos excepto Anori, que permaneció sentado con los párpados cerrados, como si se hubiese quedado dormido.

—Vamos, hijo. Hemos de continuar.

El crío abrió los ojos, se puso en pie y miró en derredor, como si oteara el horizonte.

—Los caribúes no están por allí —dijo refiriéndose a la dirección en la que se dirigían—, sino por aquel otro lado —añadió señalando al sudeste.

—No puede ser —le corrigió Sialuk—. Aquel territorio ya lo exploramos hace unos días y no vimos nada. Además, ¿tú cómo lo sabes?

—Me lo acaban de decir ellos mismos —aclaró con absoluta naturalidad—. Quieren que les cacemos para que nuestro pueblo no se muera de hambre.

Los hombres del grupo intercambiaron miradas de perplejidad; aun así, se tomaron las palabras de Anori muy en serio. Sialuk no sabía qué pensar. Cierto es que cada vez que su hijo había salido de caza, nunca le habían faltado animales para intentarlo. El día que fueron a la banquisa, las focas habían emergido por su respiradero casi al instante, como atraídas por una fuerza invisible. Y, de hecho, en ese momento también le vino a la cabeza que la única vez que logró pescar algo durante el penoso viaje que emprendieron huyendo de los *qallunaat*, fue la mañana en que Anori le hizo compañía.

—¿Y si lideras tú la marcha? —concluyó Sialuk tras aquella reflexión.

Anori asintió y echó a caminar con paso firme y decidido.

Al cabo de una hora llegaron al pie de un montículo, cuya falda ascendieron no sin esfuerzo y, ya en la cima, se detuvieron a mirar. El espectáculo que se desplegó ante ellos les dejó boquiabiertos.

Un inmenso rebaño de caribúes pastaba mansamente en la llanura, mientras se desplazaba con lentitud. Después de semanas enteras de búsqueda infructuosa, ¡por fin los habían localizado!

Sin embargo, debían actuar con inteligencia. Tratar de cobrarse una pieza en ese momento solo habría servido para provocar una estampida. Era mejor regresar al poblado y avisar a Malik, con el fin de reunir a todos los hombres disponibles. Ahora que conocían la ruta migratoria que los caribúes habían emprendido aquel año, podían preparar una emboscada para el día siguiente y hacerse con varios y hasta decenas de ellos.

La euforia se extendió por toda la aldea tan pronto como dieron a conocer la noticia. No obstante, antes de planificar la cacería con los demás, Sialuk prefirió encargarse de otro asunto; uno que no podía esperar.

Quería acercarse con Anori al refugio de Alornerk.

En principio, los chamanes eran los únicos que conocían el lenguaje secreto de los animales y, por tanto, tenían capacidad para comunicarse con sus *inua*. Sin embargo, de alguna manera que se le escapaba, Anori parecía conocer este lenguaje también.

Sialuk hizo un exhaustivo relato de los hechos, sin escatimar en detalles. El *angakkoq* entornó los ojos y lo escuchó con atención, de principio a fin.

—Déjale conmigo unos días —dijo después de un largo y reflexivo silencio—. Le someteré a unas pruebas. Y si compruebo que Anori posee realmente cualidades especiales, le prepararé para que siga mis pasos.

CAPÍTULO QUINTO

El hallazgo de los caribúes les solventó un verano que se les había puesto muy difícil, y les proporcionó un cambio de estación plácido y tranquilo.

La caza en general continuó siendo abundante hasta bien entrado el otoño, a pesar del descenso de las temperaturas que este conllevaba, lo cual suponía otro motivo de alegría, sin importarles lo que pudiera depararles el invierno. Los esquimales no sabían vivir de otra manera. El futuro a largo plazo no existía, solo alcanzaban a preocuparse por el presente o el futuro más inmediato. Cuando abundaba el alimento comían tanto como podían, y cuando escaseaba se pasaban largas temporadas sin apenas probar bocado.

Alornerk había aceptado definitivamente a Anori como aprendiz. El muchacho poseía un don natural indiscutible que el chamán debía enseñarle a controlar y desarrollar. Ya había memorizado algunos rituales y canciones mágicas, y Alornerk le había prometido que pronto empezaría a instruirle en el dominio de los viajes espirituales y el conocimiento de las técnicas ancestrales que necesitaba para comunicarse con los *inua*. Anori no cabía en sí de felicidad, pues sentía que por fin había encontrado el lugar que le correspondía entre los suyos.

Ituko y Kireama, por su parte, habían consolidado su matrimonio desde que iniciaron su vida juntos. El amor que se profesaban se acrecentaba día a día, y a nadie le extrañaría que pronto engendrasen descendencia. Sus madres, Nuvua y Meriwa, les ayudaban en todo lo que podían, supliendo su falta de experiencia en llevar un hogar. Meriwa, además, ya había superado los meses de mayor riesgo de su embarazo, y todo apuntaba a que el bebé nacería sano y fuerte a lo largo de la siguiente estación.

Entre Sialuk y Malik nada había cambiado. Ni la unión de sus hijos ni la época de bonanza por la que atravesaba el poblado fueron suficientes para que se reconciliaran o, al menos, acercasen posturas. Muy al contrario, la relación entre ambos estaba en su momento de mayor tensión. Y todo porque Malik no había podido evitar perder su liderazgo en favor de Sialuk. Al buen hacer de este último, cuyo comportamiento había reflejado desde el principio los valores tradicionales de la sociedad inuit, se había unido la providencial intervención de su hijo Anori, al que todos consideraban su salvador y reconocían como el futuro chamán de la tribu.

Malik había encajado muy mal aquel menoscabo de su estatus, y finalmente había decidido desafiar a Sialuk a un *tordlut*.

El sol poniente se derramaba sobre el poblado, vistiendo el manto terrestre de un tono escarlata, y el frío aliento que descendía de las colinas mantenían las temperaturas bajo cero.

Cuando Malik hizo pública su intención de enfrentarse a Sialuk en un *tordlut*, los habitantes de la aldea formaron rápidamente un corro alrededor de ellos para presenciar tal evento.

Para los inuit, el *tordlut* era un acto de enorme importancia social que servía para resolver los conflictos existentes entre dos miembros de la comunidad cuando la situación se volvía insostenible, y se trataba, ni más ni menos, que de un duelo cantado. El rival que se sentía ultrajado improvisaba una canción para ridiculizar a su oponente, criticarle o sencillamente insultarle de la forma más provocadora posible. Su contrincante debía escucharle sin inmutarse y después tenía que darle la réplica. Los intercambios de acusaciones iban subiendo de tono, hasta que al final salía derrotado el primero de los dos que perdiese los estribos. Ahora bien, si ninguno de los duelistas perdía los nervios y, a consecuencia de ello, se producía un empate, correspondía a los espectadores elegir al ganador. Dicho honor recaía en el que hubiese hecho uso de una lengua más afilada, o hubiese desplegado un mayor ingenio de los dos.

Malik carraspeó y efectuó su reproche a modo de canto, como mandaba la tradición

—¡¿Cómo osas arrebatarme el puesto que por derecho me corresponde, tú, que no eres más que un recién llegado al que yo acogí en el poblado haciendo gala de mi esplendidez?! Ni siquiera un estropajo de piel de zorro sería tan desagradecido como tú.

—¡Si la gente me prefiere a mí como líder, es porque ellos así lo han querido! —se defendió Sialuk—. Lo cual no me sorprende, teniendo en cuenta que la generosidad de la que alardeas solo existe en tu imaginación.

Hay más caridad en un témpano de hielo que en tu alma de hombre inuit.

—¡¡Yo soy mejor cazador que tú, pedazo de morsa!!

—Tal vez, pero careces de la modestia necesaria para que te tomen en serio, excremento podrido de foca.

—Me recriminas carecer de los valores morales que se le suponen a un líder, cuando tú mismo reniegas de nuestras costumbres. ¿O acaso no rehusaste la muestra de aprecio y amistad que te hice al proponerte intercambiar nuestras esposas? Aunque con la nariz de kayak que tiene Meriwa, creo que más bien le habría hecho un favor.

La mención a su esposa y los gestos provocativos con los que Malik acompañó su alegato enfurecieron particularmente a Sialuk, quien tuvo que hacer un enorme esfuerzo para conservar la calma e impedir que su contrincante se alzase con la victoria. La propia Meriwa, que asistía con preocupación al duelo, se sintió de inmediato avergonzada ante aquella alusión tan directa a su persona.

—Pues para tener esa opinión de mi mujer, resulta bastante paradójico que después la violaras como un zorro ladino y miserable y estuvieras a punto de causarle la muerte.

La sombra de la duda siempre había sobrevolado sobre Malik, y el hecho de que Sialuk le acusase nuevamente en público de aquel terrible delito por poco casi le hace estallar y abalanzarse contra él; suerte que logró controlarse en el último momento. En cualquier caso, el fin del *tordlut* no era hacer justicia, sino resolver el conflicto de manera pacífica para evitar males mayores. Había veces en que el vencedor era realmente culpable del reproche que se le hacía.

El duelo estaba muy reñido. La multitud les jaleaba y se carcajeaban con las pullas más ingeniosas, y los espectadores tomaban partido por uno u otro conforme se iban sucediendo las réplicas, a cual más ultrajante y despectiva. Si el *tordlut* no se resolvía por sí solo, no lo tendrían nada fácil para elegir al ganador.

—Tus acusaciones no son más que vulgares calumnias —contraatacó Malik—. Pero qué se puede esperar de un pésimo padre como tú, que abandonaste a Nukappi en los hielos como si fuese una cría de lobo durante tu viaje hasta aquí, ante la primera contrariedad. Alguien que comete un acto tan mezquino no debería dar a otros lecciones de moral.

Aquel fue un golpe muy bajo que Sialuk no supo encajar. El infanticidio se trataba de una práctica habitual en épocas de penurias, cuando constituía la única salida para que otros pudiesen sobrevivir; pero eso no quitaba que el sufrimiento de los padres por perder a su bebé les acompañase el resto de sus vidas.

Sialuk fue incapaz de mantener la cabeza fría ante aquel comentario y, sin previo aviso, se fue hacia Malik y le agarró del cuello, gritando improperios a dos centímetros de su cara. Los hombres que asistían al acto reaccionaron enseguida y entre todos consiguieron reducir a Sialuk, quien tardó varios minutos en recobrar la compostura.

Sialuk se quedó apartado, fustigándose por ser tan idiota de haberse dejado provocar de aquella manera, mientras Malik alzaba los brazos en alto y celebraba entre risas la victoria sobre su adversario. Sialuk debía aceptar el resultado del duelo y cederle el liderazgo; de lo contrario, se arriesgaba a que toda la comunidad le diese la espalda como castigo. Aun así, Malik también debía extraer una valiosa lección de aquello, pues los suyos no volverían a seguirle a menos que advirtiesen en él un cambio de conducta. A partir de ahora tendría que obrar conforme a los valores de la modestia y la generosidad si no quería que los aldeanos le retirasen de nuevo la confianza en favor de un tercero.

Meriwa se acercó hasta donde se encontraba su esposo y le sujetó la cara entre las manos.

—No hagas caso de lo que ha dicho Malik. Ni siquiera él lo piensa de verdad. Solo buscaba sacarte de quicio.

—Y lo consiguió —se lamentó Sialuk.

—No pienses más en ello. Además, el bebé que está en camino será un varón. Lo sé. —Meriwa se acarició su ya abultado vientre—. Le llamaremos Nukappi, para que nuestro hijo desaparecido se reencarne en él.

Unas semanas más tarde, ocurrió algo que vino a alterar la apacible rutina del poblado.

Si la llegada de visitantes solía constituir un evento especial, todavía lo era más si estos conformaban un grupo numeroso. La sorpresa fue aún mayor al darse cuenta de que los viajeros, que se desplazaban en trineos tirados por perros, eran mujeres y niños pequeños. Sus rostros despertaron la pronta compasión de los presentes, pues evidenciaban que habían sido víctimas de una terrible tragedia que les había obligado a huir.

Malik se hizo de inmediato cargo de la situación y se ocupó de atender a los recién llegados quienes, además de fatigados, mostraban claros signos de haber pasado mucha hambre durante el camino.

Entre la media docena de mujeres que integraban la expedición, solo había un hombre, que apenas podía moverse porque estaba herido en una pierna. Los hombres se arremolinaron en torno a él, deseosos de saber qué les había pasado.

—¿Cómo te llamas? —preguntó Malik, alzándose en portavoz.

—Amaruk.

—Y, dinos. ¿Qué ha ocurrido?

—Los *qallunaat...* —respondió con voz trémula.

Sialuk sintió un escalofrío al recordar el ataque del que su poblado había sido objeto, hacía ya casi un año.

Un murmullo de maldiciones se alzó en el corro, y Malik tuvo que pedirles silencio, para poder escuchar de boca del protagonista el relato de lo ocurrido.

—Los cazadores habíamos salido aquel día con la intención de emboscar un rebaño de caribúes cuyo rastro habíamos detectado la jornada anterior. No es que fuera muy grande, pero cazar un par de ejemplares supondría una valiosa captura a estas alturas del año. Apenas llevábamos unos minutos levantando la cerca de piedras cuando, de repente, una cuadrilla de *qallunaat* cayó sobre nosotros. Al parecer, habían levantado un campamento cerca de allí.

—¿Cómo es posible? Los extranjeros no acostumbran a alejarse tanto de sus colonias —rebatió uno de los hombres.

—Así es, salvo cuando organizan expediciones de caza. Entonces no les importa adentrarse en territorios muy retirados de su zona de control. —Amaruk continuó su crónica de los hechos—. Mis compañeros y yo sabíamos que, si los *qallunaat* iban ahora a competir por los recursos naturales de los cuales nos abastecíamos, nos enfrentábamos a un serio problema. Todos, ellos y nosotros, echamos mano a las armas de forma instintiva, desafiándonos con la mirada.

—¿No intentasteis dialogar primero?

—Por supuesto, pero ellos no tenían ningún interés en resolver el conflicto de forma pacífica. Dijeron que por nada del mundo estaban dispuestos a permitir que nadie les arrebatase los caribúes que habían ido a buscar. Su jefe dio entonces una orden y se lanzaron al ataque gritando y vociferando.

Según les contó Amaruk, él y sus compañeros se defendieron de los *qallunaat* con el coraje y la valentía con que solían enfrentarse a los osos polares y las ballenas de varias toneladas. Con todo, sus enemigos les doblaban en número, y ante aquella adversidad poco o nada pudieron hacer. Él fue el único que logró escapar con vida, aunque aquella maldita herida seguramente le dejaría lisiado para siempre.

Sin sus maridos, las mujeres no tuvieron más remedio que abandonar el asentamiento; de lo contrario, no habrían podido sobrevivir. Muertas de miedo, cargaron los trineos con las provisiones de que disponían y, con los niños a cuestas, pusieron rumbo al poblado más cercano.

—Hemos llegado justo a tiempo. Ayer mismo se nos agotaron todos los víveres — concluyó Amaruk.

Malik tomó la palabra para decir en voz alta lo que todos tenían en mente.

—Os acogeremos en nuestras casas durante unos días, hasta que os recuperéis, pero luego tendréis que marcharos. Lo siento.

Todos asintieron con la cabeza, incluido Amaruk.

En efecto. Si media docena de mujeres y sus respectivos hijos se quedasen en la aldea, no habría suficientes cazadores como para dar de comer a tantas bocas. Durante el invierno, el hambre se cebaría con ellos, y los más débiles serían los primeros en morir.

—De hecho, ya había pensado en otra alternativa —prosiguió Amaruk—. La isla del Oso Blanco. —Amaruk se refería a la actual Isla de Ellesmere, perteneciente al archipiélago Ártico Canadiense—. Allí las condiciones climáticas son mucho más severas; las mujeres escasean y son siempre bien recibidas. Tan solo necesitaríamos un *umiak* para llegar hasta allí.

Aquella propuesta abrió un acalorado debate entre los presentes para discutir la cuestión.

—Podríamos cederos un *umiak*, pero ¿de qué os serviría sin un hombre que lo pilotase? Tú, desde luego, no estás en condiciones de hacerlo, y no creo que nadie quiera aventurarse en un viaje que entraña un riesgo tan elevado. —Malik tomó aire y explicó a qué se refería—. Cuando lleguéis a vuestro destino, tendréis que recorrer la isla en busca de pequeños asentamientos donde poder ir dejando a las mujeres una a una. Eso os llevará un tiempo. Para entonces, el océano ya se habrá helado y el hombre que os acompañe no podrá regresar. Compréndelo, no puedo pedirle a ninguno de mis hombres que se ponga en peligro de esa manera.

—Yo lo haré —dijo Ituko dando un paso al frente.

Su padre lo miró estupefacto.

—¿Pero qué dices? ¿Te has vuelto loco? ¿Sabes a lo que te expones si acabas pasando el invierno en la isla del Oso Blanco?

—No lo pasaré allí —afirmó con rotundidad.

—¿Y cómo vas a regresar?

—Atravesaré el mar helado en un trineo de perros.

—¿¡En trineo!? ¡Tardarás semanas en recorrer una distancia así!

—Me aprovisionaré antes de partir y llevaré herramientas y armas para abastecerme por el camino. Construiré un iglú todas las noches y proseguiré la marcha a primera hora del día siguiente. Puede hacerse. Tú me has enseñado bien.

Malik guardó silencio. Ituko había tomado la decisión y nadie le convencería de lo contrario. Pero lo que más le enorgullecía era que su hijo no lo hacía por sí mismo, ni por demostrarle nada a nadie, sino sencillamente porque, en su fuero interno, sabía que era lo correcto.

Por la noche, todos los hombres de la aldea se reunieron en el *kashim*, incluido Alornerk, al que habían mandado llamar, pues su consejo se tenía muy en cuenta en situaciones como aquella. Excepcionalmente, Anori también se hallaba presente, ya que rara vez se separaba del chamán desde que este comenzase a instruirle en sus artes.

El tema de la reunión versaba, naturalmente, sobre la amenaza de los *qallunaat*. Algunos alzaban su voz para clamar que había llegado la hora de tomar cartas en el asunto. Que ya no bastaba con defenderse. Los extranjeros les robaban la caza cuando se les antojaba, y si les plantaban cara, los asesinaban sin vacilar un segundo. El problema, aunque ya venía de lejos, había alcanzado su punto álgido.

—¡Deberíamos atacarles en su propio territorio, igual que ellos hacen con nosotros! —exclamó categóricamente Sialuk, que conocía de primera mano cómo era sufrir un drama parecido en sus propias carnes.

—Todos compartimos los mismos deseos de venganza —dijo Malik en calidad de moderador—, pero debemos conservar la calma y pensar con sangre fría.

—Si decidís ir a por ellos, esperad a que yo regrese de la isla del Oso Blanco —terció Ituko, revelando el espíritu belicoso propio de su juventud.

—Descuida —repuso Sialuk—, hacer tal cosa durante el invierno sería un disparate. A estas alturas del año, habrá que esperar hasta la siguiente primavera.

Mientras deliberaban, daban buena cuenta de una suculenta fuente de carne de morsa que las mujeres les habían preparado.

Malik elevó los brazos y pidió la palabra.

—No olvidemos que sus poblados son enormes, vive gran cantidad de personas en ellos. —Así era. La población vikinga de Groenlandia se concentraba únicamente en dos colonias situadas en la costa occidental—, mientras que nuestros asentamientos son pequeños y se encuentran muy dispersos entre sí.

—Y así debe ser —apuntó Alornerk—. De lo contrario, no sobreviviríamos en estas tierras.

—Lo sé, pero para el tema que nos ocupa, supone un inconveniente más que una ventaja.

Un murmullo de aprobación recorrió el refugio.

—Podríamos tratar de formar un frente común entre varias aldeas —propuso alguien.

—Demasiado complicado. No funcionaría —dijo Malik.

—Sin embargo —objetó Sialuk—, de aquí mismo podría salir una cuadrilla de guerreros. Diez o doce de nosotros nos bastamos para llevar a cabo un asalto en toda regla.

—¿Cómo? —preguntó Ituko con interés.

—Irrumpiendo en su asentamiento más vulnerable y haciendo tanto daño como sea posible. Su zona fronteriza tendrá puntos débiles, de eso estoy seguro, y ellos no se esperan un ataque por nuestra parte. El factor sorpresa jugaría a nuestro favor.

—Y, aparte de venganza, ¿qué lograríais con eso? —inquirió Alornerk.

—Amedrentarles para que nos dejen en paz.

El resto de los allí reunidos jalearon el contundente alegato de Sialuk, dando a entender que la mayoría estaba de acuerdo.

—No te engañes. Incluso aunque vuestra incursión fuera un éxito, solo conseguiríais alimentar una espiral de violencia mayor. —Un silencio denso cayó sobre el *kashim*. Cuando el *angakkoq* hablaba, todos escuchaban con atención, Anori más que ningún otro—. Si de verdad queremos que los *qallunaat* dejen de ser un problema para nosotros, tendríamos que lanzar un ataque definitivo.

—¡Eso es imposible! —protestaron algunos—. ¡Son demasiados! ¡No podemos luchar contra ellos!

—Y lo es. Para nosotros… —admitió Alornerk—, pero no hay nada imposible para nuestra divinidad más poderosa…

Además de Sedna, la diosa de los mamíferos marinos, había otra gran divinidad que gobernaba sobre la naturaleza y el clima. Se llamaba Sila y los inuit le profesaban un profundo respeto pues, de manera indirecta, de ella dependía la abundancia o escasez de la caza.

—¿A qué te refieres? —preguntó Malik.

—Cuando lo hemos necesitado, he viajado al mundo de los espíritus para implorar a la diosa un clima más benigno que nos permitiese sobrevivir. Pero… ¿Y si esta vez le pidiésemos lo contrario? ¿Y si le pidiésemos inviernos más largos y mucho más fríos?…

El silencio se apoderó del *kashim*. Todos los presentes, incluidos los más aguerridos, temblaron ante aquella posibilidad absolutamente aterradora.

—Si tal cosa ocurriese... —intervino Sialuk—, a nosotros también nos perjudicaría.

—Cierto —reconoció el chamán—, pero nosotros llevamos muchísimos años adaptándonos al frío y al hielo, viviendo en las condiciones más extremas. Ellos no son originarios de estas tierras. Si ahora tienen dificultades, ¿qué creéis que sucederá si empeora la situación? No lo soportarían. Más les valdría abandonar la isla, si no quieren acabar pereciendo todos aquí.

—Y los extranjeros dejarían de ser un problema para siempre...

—Exacto. En cualquier caso, debemos tener muy claro que, si seguimos adelante, también entre nosotros se producirán muertes. Es inevitable.

Pese al altísimo precio que tendrían que pagar, los presentes aceptaron de forma unánime el plan propuesto por Alornerk. Al fin y al cabo, desde que nacían los inuit asumían la regla de oro que imperaba en el inhóspito Ártico: la supervivencia del grupo siempre está por encima de la del individuo.

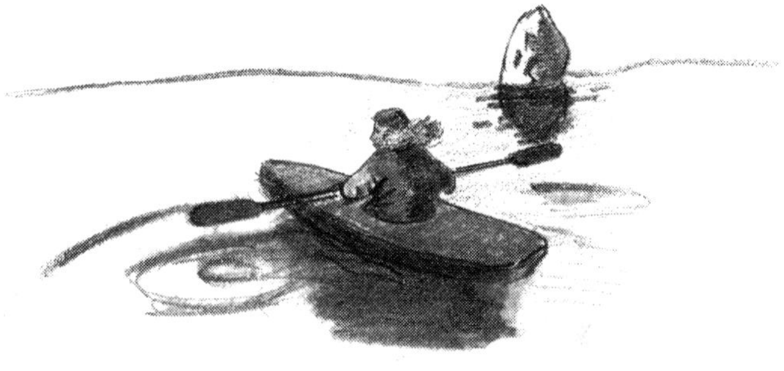

CAPÍTULO SEXTO

Antes de que finalizara la estación, los inuit se trasladaron de nuevo a la zona costera, a su asentamiento hibernal, donde volvieron a ocupar sus refugios de muros de piedra y tejados de turba que les protegían del viento y el frío.

La estación invernal era la época de menos actividad. La caza se reducía a las capturas de focas que acudían a respirar a los agujeros de las banquisas. El resto del tiempo lo empleaban en hacer vida social, con visitas asiduas de una casa a otra, e intercambios de esposas con los que estrechar lazos y, de paso, hacer las noches más excitantes y distraídas.

Tras el *tordlut*, Malik había recuperado su condición de jefe oficioso del poblado, si bien esta vez parecía realmente merecedor de esa condición. El antaño engreído líder se comportaba ahora de manera mucho más comedida, y comenzaba a pensar en el bienestar de los demás antes que en el suyo propio.

Sialuk, que advertía el cambio que se había operado en él, estaba decidido a dejar el pasado atrás y propiciar una reconciliación, para que entre ellos hubiese al menos una relación cordial. El pueblo inuit atravesaba por un momento extremadamente delicado y, en semejantes circunstancias, debían permanecer unidos ante la adversidad.

Las últimas informaciones hablaban de que los *qallunaat* habían perpetrado nuevos ataques en las aldeas situadas en el área más meridional, para arrebatarles las reservas que habían almacenado para el invierno.

Por su parte, Meriwa se encontraba ya en la última fase de su embarazo. Como ya no podía realizar grandes esfuerzos, su hija se había trasladado a vivir con ella, con el fin de ayudarla con las tareas cotidianas y velar por su salud. Además, a Kireama también le convenía tener compañía, pues Ituko llevaba varias semanas fuera desde que partiese rumbo a la isla del Oso Blanco. La muchacha se pasaba la mitad del día llorando y la otra mitad, consumida por la preocupación. La aventura en la que se había embarcado su joven esposo conllevaba muchísimos riesgos, y la posibilidad de que nunca más volviese a verle apenas la dejaba dormir.

En cuanto a Alornerk, el chamán se había recluido en su apartado refugio y, desde la salida del sol hasta el anochecer, se ejercitaba a conciencia de cara a la ceremonia a través de la cual contactaría con la poderosa

Sila y le pediría su favor para hacer frente a la amenaza de los *qallunaat*. Un ritual de tales características, además de que solamente podía celebrarse en la fecha adecuada, en función de la posición de los astros, requería de muchísima preparación. Y es que ni siquiera un *angakkoq* tan experimentado y de dotes innatas tan desarrolladas para conectar con la esfera de lo sobrenatural como Alornerk, tenía garantizado llevar a cabo con éxito un acto de esa naturaleza.

Anori le asistía en todo momento y absorbía los conocimientos que le transmitía su maestro con enorme facilidad. Aunque no era más que un niño, Alornerk era muy consciente del potencial de su pupilo, al que auguraba un brillante futuro. Si su intuición no se equivocaba, Anori llegaría a convertirse en el *angakkoq* más ilustre que el pueblo inuit hubiese conocido en incontables generaciones.

Una mañana que amaneció nublada y con escasa luz solar —como era habitual durante aquella época del año—, algunos aldeanos avistaron un punto en la distancia, claramente distinguible en mitad de la vasta inmensidad blanca que se extendía a lo largo del horizonte.

Era un trineo tirado por perros, a bordo del cual iba una sola persona, que se desplazaba a gran velocidad. Seguramente se trataba de un habitante de un asentamiento cercano que traía noticias importantes, o que simplemente pretendiese comerciar.

La curiosidad por saber la identidad del viajero se transformó en alegría al reconocer en él al valiente Ituko, de cuya partida había transcurrido más de un mes.

La voz se corrió a toda prisa por la aldea y en cuestión de segundos Malik, Nuvua y Kireama salieron ilusionados a recibirle. No obstante, enseguida se dieron cuenta de que algo no marchaba bien: Ituko tenía adheridos cristales de hielo en torno a la nariz y las cejas, le costaba articular palabra y temblaba de forma descontrolada.

—¡Ituko! ¡Ituko! ¿Puedes oírme? —le preguntó Kireama nerviosa palpándole el rostro, pero el muchacho solo balbuceaba frases sin sentido.

—Mirad, su ropa está completamente empapada —apreció Nuvua.

—Debemos quitársela ahora mismo —dijo Malik, que se apresuró a trasladarle al interior del refugio familiar para tratar cuanto antes los síntomas de hipotermia que le aquejaban.

Entre los tres, desvistieron a Ituko y reemplazaron sus prendas húmedas por otras secas. Luego le metieron en un saco de piel, y colocaron la lámpara de esteatita cerca de él para que entrase en calor. Kireama preparó también un té caliente que le dio a beber a pequeños sorbos. Un poco más tarde estuvo en condiciones de contarles lo que había pasado.

—Ayer me topé con una amplia zona donde el hielo era demasiado delgado. Me faltaba muy poco para llegar al poblado y no quería dar un rodeo. Así que cometí el error de atravesarlo —explicó—. El hielo se resquebrajó al paso del trineo. Uno de los perros cayó al agua y yo me lancé detrás para salvarlo. Menos mal que me ocurrió estando a una jornada de viaje de aquí; si no, estoy convencido de que no habría sobrevivido.

—¡Pero lo conseguiste, hijo mío! Muy poco han sido capaces de realizar una hazaña semejante antes que tú. Estamos muy orgullosos de ti. —repuso Malik apretando su hombro.

—¡Júrame que nunca volverás a hacer un viaje semejante! —suplicó Kireama angustiada.

Ituko la tomó de la mano y se la apretó con cariño, como si de esa manera pudiera convencerla de que el peligro ya había quedado atrás; sin embargo, no prometió nada. Malik, que ardía de impaciencia por escuchar los detalles, no se percató de este diálogo silencioso que se dio entre los jóvenes cónyuges y preguntó emocionado:

—Y dinos. ¿Qué tal el viaje? ¿Lograsteis ayudar a esas mujeres y niños a encontrar un hogar donde establecerse? ¿Cómo fue la travesía hasta la Isla del Oso?

Ituko comenzó contestando a la última de las cuestiones.

—Hubo veces en que estuvimos a merced de las corrientes y el fuerte oleaje; por suerte, contábamos con el favor de la diosa, que nos libró de las tormentas y mantuvo las aguas mansas la mayor parte del tiempo. Las mujeres remaron con la determinación propia de la gente de nuestro pueblo, y el viento hinchaba la vela cuadrada del umiak, impulsándonos y haciendo que avanzáramos aún más deprisa.

—Entonces, llegasteis todos sanos y salvos.

—No. El pobre Amaruk pereció por el camino. —Los tres lamentaron esa noticia—. Un espíritu maligno debió de introducirse por la herida de su pierna, porque su aspecto empeoró de forma alarmante hasta que acabó muriendo una semana después. Arrojé su cuerpo por la borda con la esperanza de que Sedna se apiadase de él.

—¿Y una vez en la isla?

Ituko les narró su estancia en la Isla del Oso, sin duda, la parte más dura de su expedición. El clima de aquellas tierras era mucho más extremo que el suyo; tanto, que las hacía casi inhabitables. De hecho, el nombre por el que se conocía la isla no podía estar mejor elegido, pues resultaba más fácil cruzarse allí con un oso que con un ser humano. Los asentamientos estaban formados por tres o cuatro familias a lo sumo, y había muchos esquimales que vivían completamente solos.

—Teníamos que recorrer grandes distancias para encontrar a otras personas... Eso sí, no vimos ni rastro de extranjeros; ninguno sería tan estúpido como para querer vivir allí. —Ituko hizo una pausa para beber un poco de té—. Pero me alegró comprobar que Amaruk estaba en lo cierto: las mujeres escasean en aquel lugar. Cada vez que llegábamos a un asentamiento, siempre había alguien dispuesto a tomar por esposa a una de ellas y a adoptar a los críos que tuviese.

—¿Y el regreso? —inquirió Malik—. ¿Cómo lo encaraste?

—Cargué el trineo hasta arriba de provisiones y elegí perros muy preparados, a los que calcé con botines de pieles para protegerles las patas del largo viaje. Cuando las reservas comenzaron a agotarse, cacé focas para alimentarme. Ni los perros ni yo pasamos hambre. —Ituko cerró los párpados y meneó la cabeza, como si intentase ahuyentar de sí un mal sueño—. Lo peor fue la soledad; contemplar durante semanas el mismo paisaje infinito cubierto de hielo y nieve hasta donde me alcanzaba la vista. Llegó un punto en que creí incluso haber perdido el sentido de la orientación.

Un pesado silencio cayó sobre la estancia.

—Ya has hablado bastante —terció Nuvua—. Ahora intenta descansar.

Ituko se recuperó por completo en apenas dos días. A partir de ese día, ninguno de los habitantes volvió a mirarle de la misma manera, pues se había producido en él un cambio casi imperceptible pero decididamente real. A nadie se le escapaba que cuando la edad empezase a hacer mella en Malik, sería su hijo quien le sucedería de forma natural como líder de la aldea.

Por fin llegó la noche en que se celebraría la esperada ceremonia: el chamán invocaría a la diosa Sila para pedirle el recrudecimiento del clima y provocar con ello la marcha definitiva de los *qallunaat*.

Los hombres se habían congregado en el *kashim*, en torno a una tenue llama cuyo resplandor dotaba al espacio de un cariz espectral. Alornerk presidía la reunión, manteniendo una pose de concentración que intimidaba solo con verla y, situados a la izquierda de este, Malik e Ituko ocupaban un puesto de honor. A pesar de que las mujeres y los niños tenían prohibida la entrada, Anori también se hallaba presente, por expreso deseo del *angakkoq*, para que fuese adquiriendo experiencia.

Los asistentes aguardaban con gran expectación, todos salvo uno: Sialuk. El destino había querido que su mujer se pusiese de parto precisamente esa noche, y el cazador tenía la cabeza más puesta en el inminente nacimiento de su hijo que en el trascendente ritual que estaba a punto de iniciarse. Sialuk le había rogado al chamán que lo pospusiese para el día siguiente, pero este se había negado en rotundo y ni siquiera se había parado a considerar dicha posibilidad.

Mientras tanto, Meriwa se preparaba para dar a luz en su refugio, asistida por Nuvua, la cual poseía bastante experiencia como comadrona, y por su hija Kireama, que ansiaba conocer a su nuevo hermanito.

Meriwa gemía debido a los dolores de las contracciones, pero como había pasado antes por ello, se enfrentaba sin miedo a la situación.

—Lo estás haciendo muy bien —señaló Nuvua en tono alentador.

Kireama observaba la escena con muchísima atención, pues sabía que un día no muy lejano ella sería la protagonista de la misma.

La cabeza del bebé ya asomaba entre las piernas. De rodillas y sujeta del techo con las manos, Meriwa realizó un último esfuerzo, y el bebé salió por fin del cuerpo de su madre, yendo a parar a las manos de Nuvua.

—Es un niño —informó esta con una sonrisa.

Enseguida rompió a llorar, señal de que se convertiría en un inuit fuerte y valeroso, digno representante de su pueblo.

Kireama ayudó a su madre a recostarse sobre un saco de pieles, mientras Nuvua lavaba al bebé. Luego lo envolvió en una cálida piel de oso y se lo tendió a Meriwa para que lo cogiese. Pero al recibirlo en sus brazos, ella palideció de repente al contemplar el rostro de su hijo a la luz de la lámpara de esteatita.

—Avisa a tu padre —le pidió a Kireama—. Dile que tiene que venir a verlo de inmediato.

La muchacha obedeció y dirigió sus pasos hacia la casa comunal, bajo la copiosa nevada que arreciaba en el exterior. Una vez allí, se arrastró a través de la entrada y, apostándose en el umbral, buscó a su padre entre los presentes. Los hombres entonaban canciones mágicas, al tiempo que el chamán giraba alrededor del fuego en una especie de danza ritual. Al percatarse de la presencia de su hija, Sialuk comprendió que Meriwa ya debía de haber dado a luz. Sin decir nada, se levantó y abandonó el *kashim* en compañía de Kireama, quien le comunicó que el recién nacido era un varón.

—¿Y de salud? —inquirió bajo la nieve que les azotaba.

—Perfectamente sano —confirmó ella, omitiendo el detalle que había despertado la alarma.

Sialuk entró en la casa, seguido de la joven. Tan pronto como advirtió las expresiones de Meriwa y Nuvua, supo que algo no andaba bien.

—¿Qué ocurre?

Su mujer extendió al bebé para que pudiese verlo mejor. Sialuk lo miró. Su primera reacción fue de estupefacción; de ahí pasó a la indignación, y después, a la cólera.

—¿Qué vas a hacer? —preguntó Meriwa temiendo lo peor.

—Dame al niño.

Sialuk se lo arrebató de los brazos casi con violencia y, apretándolo contra su pecho para protegerle de la nevisca, salió con él en dirección al *kashim*.

En el interior reinaba un silencio absoluto. Los asistentes habían adoptado una actitud recogida, mientras Alornerk se había sumido en un profundo trance y había iniciado su viaje espiritual hacia los dominios de Sila. A Sialuk, sin embargo, nada de eso le importó, y comenzó a dar voces y a maldecir y a despotricar como nunca antes nadie le había visto hacer. Los cazadores le observaron espantados, convencidos de que había perdido el juicio. ¿Cómo se atrevía a interrumpir la ceremonia de aquella manera?

Al final, el chamán salió bruscamente del trance debido al escándalo que se había formado a su alrededor.

—¡Insensato! —rugió señalando a Sialuk—. ¡¿Eres consciente de que acabas de arruinarlo todo?!

Lejos de sentirse intimidado, Sialuk se fue hacia él y depositó al recién nacido en el suelo, junto a la hoguera. Instintivamente, todos se inclinaron para mirarlo. Él cogió un arpón que había apoyado en la pared, dispuesto a consumar lo que se proponía hacer allí.

—¡Fuiste tú quien violó a mi mujer y después la abandonó en el hielo! —gritó Sialuk señalando a Alornerk con dedo acusador.

Todos se giraron entonces hacia el *angakkoq*, en cuyo rostro se hizo patente la culpabilidad. Los hechos hablaban por sí solos, negar lo evidente carecía de sentido. El bebé que Meriwa había dado a luz llamaba la atención por una mancha que tenía en la cara, que partía de la sien y se extendía por toda su mejilla derecha. Una marca de nacimiento idéntica a la que lucía Alornerk.

Lo que vino a continuación sucedió tan rápido que nadie tuvo tiempo de reaccionar. Sialuk alzó el brazo y arrojó el arpón, que fue a clavarse en el pecho del chamán, dándole muerte casi de forma instantánea.

—¡¿Qué has hecho?! —exclamó Malik.

—Estaba en mi derecho. Lo sabes tan bien como yo.

—Nadie lo pone en duda —replicó—. ¿Pero no podías haber esperado a mañana para dirimir la cuestión? ¡Alornerk era nuestra última esperanza!

Ya más calmado, Sialuk comprendió el tremendo error que acababa de cometer. Tendría que haber dejado de lado sus emociones, aunque solo hubiese sido por esa noche, y haber permitido que el chamán completase el ritual. Ahora, por culpa de su arrebato, había comprometido el futuro de toda la comunidad.

Los hombres se miraban unos a otros consternados, como si ninguno supiese qué hacer. De pronto, una voz se elevó sobre el angustioso silencio para ofrecerse como salvador.

—Yo puedo hacerlo —afirmó Anori.

Estaban tan consternados por lo que había pasado, que todos se habían olvidado de la presencia del chico. Sialuk se arrepintió en ese instante de haber matado a Alornerk delante de su hijo.

—¿Qué quieres decir? —le preguntó Malik.

—Yo podría llevar a cabo la ceremonia. Llevo semanas viendo cómo se preparaba Alornerk.

—¿Estás seguro?

Anori se encogió de hombros.

—Bueno, nunca me he comunicado con la diosa, pero sí he hablado con los *inua* de los animales muchas veces. Si me concentro, creo que lo conseguiré. Alornerk confiaba mucho en mi don natural —respondió con naturalidad.

Malik y Sialuk intercambiaron una mirada fugaz. Dejar en manos de un niño de diez años el destino de su pueblo podía parecer una locura; sin embargo, tampoco se perdía nada por intentarlo… excepto quizás la seguridad del propio Anori, cuya alma podía extraviarse en el otro mundo y no regresar jamás.

Tras sopesar los pros y los contras, decidieron seguir adelante. Entre unos cuantos retiraron el cadáver de Alornerk, y todos volvieron a ocupar sus respectivos puestos, con la salvedad de que esta vez Anori presidía la reunión. Al principio, algunos no se tomaron al crío en serio, pero eso solo duró hasta que comenzó a murmurar canciones mágicas con la convicción y el aplomo de un experimentado *angakkoq*.

Anori entró en trance y viajó al reino de los espíritus para elevar a Sila la petición que le habían encargado.

Y la diosa, para bien o para mal, le escuchó.

Y accedió a concederle su deseo.

Y el clima empeoró como jamás pudieron haberse imaginado.

A consecuencia de ello, los *qallunaat* dejaron para siempre de ser un problema, pues acabaron desapareciendo sin apenas dejar rastro. Por supuesto, los esquimales también sufrieron las consecuencias, pero ellos supieron adaptarse, al igual que lo habían hecho a lo largo de toda su historia…

NOTA DEL AUTOR

A comienzos del siglo XIV sobrevino una pequeña glaciación que provocó un descenso brusco de las temperaturas —cuatro grados en tan solo ochenta años—, cuyo impacto en Groenlandia fue especialmente dramático por razones obvias.

Los veranos se hicieron más cortos y se volvieron más fríos. Esto afectó a las cosechas, provocando que los colonos vikingos no tuviesen suficiente heno para alimentar al ganado en invierno. Asimismo, el cambio climático supuso el incremento de la extensión del hielo continental, bloqueando la ruta marítima hacia Groenlandia. La colonia nórdica quedó aislada del resto del mundo, y sus habitantes acabaron muriendo de hambre y de frío esperando un navío con suministros procedente de Noruega que nunca llegó —el último mercante había partido en 1410—.

Los nórdicos solo habrían podido sobrevivir de haber adoptado los patrones de subsistencia de los esquimales. Si se habían quedado sin madera, podrían haber usado grasa de foca como combustible para calentar e iluminar sus hogares; o podrían haber aprendido a construir embarcaciones al modo inuit —los *umiaks*—, formadas por una estructura de hueso recubierta con pieles de foca y morsa cosidas fuertemente entre sí, y haber abandonado la isla antes de que se congelara el océano. También podrían haber intentado cazar ballenas y focas, en lugar de verse obligados a sacrificar sus últimas vacas y perros para alimentarse.

Pero no lo hicieron.

Prefirieron aferrarse a su identidad cristiana y a su forma de vida antes que amoldarse a la de los nativos, a los que desdeñaban por considerarlos paganos y primitivos.

La siguiente expedición oficial que se envió a Groenlandia no tuvo lugar hasta el año 1721. Fue organizada por la Corona danesa con el curioso fin de convertir al protestantismo a aquellos descendientes de la antigua colonia vikinga de la que nada se había vuelto a saber; por descontado, lo único que hallaron fueron las ruinas que testimoniaban su aciago final.

La Pequeña Edad de Hielo, como no podía ser de otra manera, también causó importantes estragos entre los inuit. Los arqueólogos han descubierto numerosos refugios sellados que contenían los cuerpos de familias enteras, perfectamente conservados, que murieron a consecuencia de la crudeza de los inviernos. Con todo, los nativos llevaban generaciones adaptándose al medio, y una vez más lograron sobreponerse a las adversidades gracias a su estoicismo, a su imaginativa tecnología para construir viviendas y vehículos y a sus refinados métodos de caza.

Después de la fallida colonia vikinga, los siguientes "hombres blancos" con los que los inuit groenlandeses tuvieron contacto fueron los balleneros europeos, con los que probablemente practicaron el trueque ocasional. También se dieron encuentros con los navegantes ingleses, que por aquel entonces —siglos XVI y XVII— exploraban por vez primera las aguas del Ártico en busca del Paso del Noroeste —nombre que recibe la ruta marítima que bordea Norteamérica por el norte, atravesando el océano Ártico y conectando el Atlántico con el Pacífico—.

Sin embargo, dichos contactos apenas influyeron en el modo de vida inuit, y no fue hasta el siglo XVIII, con el proceso de colonización de la isla por parte de los daneses, que la influencia de Occidente sobre los esquimales comenzó a hacerse notar.

Los comerciantes se abastecían de la mercadería que le proporcionaban los indígenas, que a cambio recibían utensilios modernos, como las armas de fuego, que poco a poco fueron sustituyendo al arco y la flecha en la caza del caribú. Además, se inició la conversión de los nativos al cristianismo a través de las misiones, y se realizaron los primeros bautizos. Al mismo tiempo empezaron a celebrarse matrimonios mixtos, dando lugar a una población mestiza que ya no era educada para cazar.

Por desgracia, también brotaron epidemias que diezmaron en buena medida la población nativa groenlandesa, si bien las misiones y los puestos comerciales sirvieron para ayudar a los habitantes más vulnerables durante las épocas de hambrunas. Inevitablemente, conforme los tiempos fueron avanzando, la economía de subsistencia inuit se fue haciendo más dependiente del exterior.

Será ya en el siglo XIX cuando, desde el gobierno danés del que ya dependía políticamente la isla, se dictarían leyes específicas para proteger a los inuit y procurar así su bienestar. Además, se crearon escuelas de magisterio, se fundó el primer periódico publicado en lengua indígena, y se introdujeron órganos de gestión local en los que participaban funcionarios y un renombrado cazador de focas procedente de cada distrito.

Finalmente, en el siglo XX, mediante la nueva constitución de Dinamarca de 1953, Groenlandia dejaría de ser una colonia para incorporarse al país como región.

AGRADECIMIENTOS

A mi familia y amigos por su constante apoyo.

A mis lectores "beta": Domingo, Chelo, Pablo "Brother" y Juanlu. Los primeros en asomarse al manuscrito y darme a conocer su opinión. A Mónica, por su minuciosa labor correctora. Y a mi querido hermano Luis, por sus excelentes ilustraciones.

Tampoco me quiero olvidar de los blogs de literatura que abundan en la red, y que tanto hacen por la difusión de los libros y la lectura. Y para evitar reproducir una lista que sería interminable, citaré a Laky de «Libros que hay que leer» en representación de todos ellos.

Y, a ti, estimado lector. Tú haces posible que la historia que yo concebí cobre vida ante tus ojos e imaginación. Gracias de todo corazón por estar al otro lado.

OTRAS OBRAS DEL AUTOR

LA FRAGILIDAD DEL CRISANTEMO

"Un extraordinario viaje al Japón clásico repleto de intriga, emociones y personajes inolvidables"

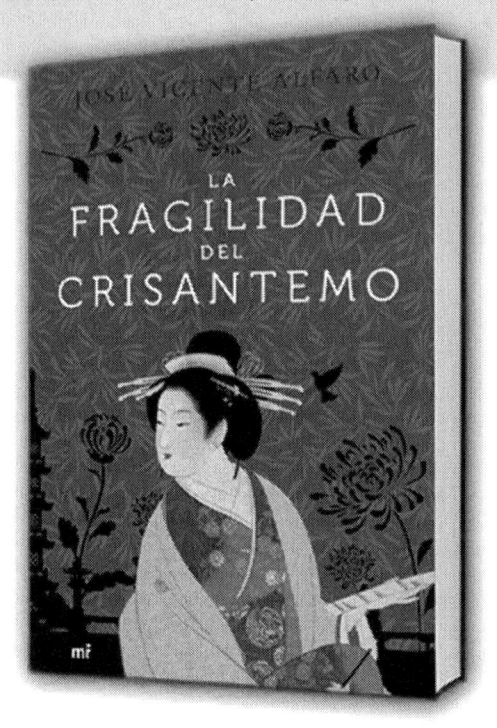

Otras obras del autor:

LA ESPERANZA DEL TIBET

"Descubre el bestseller de Amazon que ya ha cautivado a miles de lectores"

Otras obras del autor:

EL LLANTO DE LA ISLA DE PASCUA

"Sumérgete en una apasionante intriga
con trazos históricos y atrévete a descubrir
el secreto mejor guardado de la isla"

Otras obras del autor:
EL ÚLTIMO ANASAZI
"Vive una extraordinaria aventura e imprégnate del sabio legado que los antiguos nativos americanos dejaron tras de sí"

Otras obras del autor:
BAJO EL CIELO DE LOS CELTAS

"La armonía que reinaba en la tribu de los celtas nóricos se resquebrajó de repente, ante el desafío más grande al que se hubiesen tenido que enfrentar jamás..."

Otras obras del autor:

EL LABERINTO DEL HINDÚ

"Adéntrate en la antigua India, en una historia repleta de aventuras e intrigas palaciegas"

Otras obras del autor:

EL SUEÑO DE CRETA

"Amor, intriga y mitología confluyen en la presente novela, situada en el marco histórico de la espléndida civilización minoica"

Printed in Great Britain
by Amazon